羅亭

伊凡・屠格涅夫

卞莉 譯

Rudin

Ivan S. Turgenev

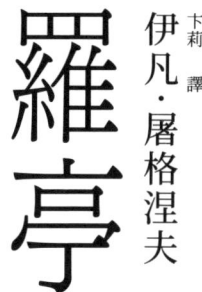

CONTENTS
目錄

關於作者

伊凡・謝爾蓋耶維奇・屠格涅夫

（俄文：Иван Сергеевич Тургенев，英文：Ivan Sergeyevich Turgenev 1818～1883）

屠格涅夫是十九世紀最具代表性的俄國現實主義作家、詩人、劇作家。其主要作品有長篇小說《羅亭》、《貴族之家》、《前夜》、《父與子》、《處女地》，中篇小說《阿霞》、《初戀》等等。

他出生於舊俄貴族世家，父親是軍人，母親則是專制的農奴主，對於農奴極端苛刻凶狠，因此他從小就很同情農奴，總是想幫助那些受苦受難的人們，痛恨且譴責那些製造苦難的惡人，這樣的情懷投射在他往後的創作裡，其作品都是對社會底層的憐憫。他曾經在莫斯科大學、彼得堡大學就讀，畢業後前往德國柏林進修，在歐洲見識到現代化的社會制度，因此主張俄國應該向西方國家學習，並呼籲政府廢除農奴制度。學成回國後，與別林斯基成為亦師亦友的至交。從一八四七年起，開始為《現代人》雜誌專欄撰稿，以自由主義和人道主義的立場極力反對農奴制。屠格涅夫在大學時期就開始創作，一八四七～一八五二年陸續寫成的《獵人筆記》，主要表現農奴制度下農民和地主的關係。該作品反農奴制的傾向觸怒了俄國當局，當局以屠格涅夫違反審查條例為由，將其拘捕並放逐。在拘留期間，他又書寫了反農奴制的短篇小說《木木》。十九世紀的五〇至七〇年代是屠格涅夫創作的巔峰時期，他陸續發表了長篇小說《羅亭》（1856）、《貴族之家》（1859）、《前夜》（1860）、《父與子》（1862）、《煙》（1867）、《處女地》（1877）等作品。其主題鮮明，故事結構嚴謹，用詞遣字優美，尤其擅長刻畫大自然景色的瞬息萬變，且充滿了詩意與哲理。這六部長篇小說中的男女主角，在感情上經歷了種種艱難之後，最終都不是以喜劇收場，在在顯示他忠實呈現當時俄國社會的現實。

從十九世紀的六〇年代起，屠格涅夫搬到西歐國家定居，並結交了許多作家、藝術家，如左拉、莫泊桑、都德、龔固爾等。他終生未婚，卻深愛著一個有夫之婦維亞爾多夫人，甚至在維亞爾多夫人的女兒們出嫁時，還為她們提供了優厚的嫁妝。然而這段地下戀情始終無法修成正果，一八八三年九月三日，屠格涅夫病逝於法國巴黎，親友根據他的遺囑，將他的遺體運回俄國，安葬在他生前的至交別林斯基的墓地旁。

本書主要人物表

◆亞歷珊卓・巴甫洛夫娜・麗比娜——年輕貌美的富孀。

◆謝爾蓋・巴甫里奇・沃倫塞夫——退役騎兵上尉；亞歷珊卓的胞弟。

◆達爾雅・米哈伊羅夫娜——皇室樞密顧問拉蘇斯基的遺孀；富裕女地主。

◆米哈伊羅・米哈伊里奇・列日涅夫——當地的地主；羅亭的大學同學，亞歷珊卓很欣賞他，最後還嫁給了他。

◆康斯坦丁・迪奧米弟奇——自稱姓潘達列夫斯基，常住達爾雅・米哈伊羅夫娜家裡的亞細亞裔食客。

◆娜塔莉雅・阿列克謝耶夫娜——達爾雅・米哈伊羅夫娜的十七歲女兒；小名娜塔莎。

◆巴西斯托夫——達爾雅·米哈伊羅夫娜兩個兒子凡尼亞和彼特亞的家庭教師，非常崇拜羅亭。

◆阿夫里康·謝苗尼奇·比加索夫——憤世嫉俗的仇女者，但達爾雅·米哈伊羅夫娜卻很欣賞他。

◆德米特里·尼古拉耶伊奇·羅亭——本書的主角；穆費里男爵之友；列日涅夫的大學同學，能言善道、充滿改革夢想的「空談家」。

◆波科爾斯基——米哈伊羅·米哈伊里奇·列日涅夫的大學同學，個性單純且浪漫、充滿詩意。

羅亭

Rudin

1

安謐的夏日清晨，太陽已經高懸於澄碧的天空，田野裡仍閃爍著清露。才甦醒不久的山谷散發著陣陣清香，鳥兒在潮氣尚濃、喧聲未起的林間歡快地歌唱。一片平緩的山坡上，自山腳至山頂都覆滿了正揚花的裸麥。山脊上遠遠望見一座小小的村落，一個少婦正沿著窄小的鄉間小道向村落走去。她身穿白色薄紗長裙，頭戴圓頂草帽，手裡撐把遮陽傘。一名童僕遠遠地跟在她身後。

她款款而行，似乎很享受散步的樂趣。四周高長的裸麥隨風搖擺，發出柔和的沙沙聲。麥浪層層起伏，時而湧出片片銀光綠影，時而皺起層層紅波漣漪。高空中雲雀流囀。少婦剛從自己的莊園出來，那裡離她正走去的小村落不過一哩遠。她的名字叫亞歷珊卓·巴甫洛夫娜·麗比娜，是個富孀，膝下並無子女，和她弟弟——退役騎兵上尉謝爾蓋·巴甫里奇·沃倫塞夫住在一起。弟弟未婚，眼下替她管理著田產。

亞歷珊卓·巴甫洛夫娜走到小村落，在村尾最後一間破舊低矮的農舍前停了下來。她喊來童僕，吩咐他進屋問候女主人的病況。不一會兒，他便出來了，同他一起的還有一位老態龍鍾的白鬍子佃農。

「欸，情況怎麼樣？」亞歷珊卓·巴甫洛夫娜問。

「唔，她還活著。」老人回答。

「我可以進去嗎？」

「當然，請吧。」

亞歷珊卓．巴甫洛夫娜走進農舍。屋內狹小憋悶，煙霧瀰漫。暖炕上有人蠕動了一下，呻吟起來。亞歷珊卓．巴甫洛夫娜環瞥四周，在半明半暗中辨認出了老婦人裹在方格頭巾裡那張枯黃皺癟的臉。一件沉甸甸的外套一直蓋到喉嚨，壓得她透不過氣來，乾瘦的手臂不住地抽搐。

亞歷珊卓．巴甫洛夫娜走到老婦人身邊，伸手摸了摸她的額頭。燒得滾燙。

「你覺得怎麼樣，瑪特奧娜？」她俯向暖炕問道。

「唉唷！」老婦人呻吟著，認出是巴甫洛夫娜，「糟，糟透了，親愛的！我眼看就要死了，我親愛的！」

「上帝是仁慈的，瑪特奧娜，也許你很快就會好起來。吃了我送來的藥嗎？」

老婦人痛苦地呻吟著，沒有回答，她幾乎沒聽到這句問話。

「她吃了。」站在門旁的老人說。

亞歷珊卓．巴甫洛夫娜轉向他。

「她身邊只有你一個人嗎？」她問。

「還有一個女孩，她的孫女，但總是跑開，不肯留在她身邊，像匹野馬一樣一直往外跑，連倒杯水都嫌麻煩。我又這麼老了，還能幹什麼？」

「要不要把她送去我那裡，到醫院去？」

「不，幹嘛送醫院？橫豎都會死。她也活夠了，現在顯見是上帝的旨意。她連炕也起不來了，哪還能送醫院？稍微一折騰，就會送掉她的命。」

「哦！」病婦呻吟著，「我的漂亮太太，不要丟下我那小孤兒，我們老爺離得遠，但是你……」

老婦人停住了，她已經用盡氣力。

「不要愁，」亞歷珊卓·巴甫洛夫娜回答說，「我都會照料妥當的。你瞧，我給你帶來一些茶和糖，想喝就喝一點吧。你們有沒有茶炊[1]？」她望向老人問道。

「茶炊嗎？我們沒有茶炊，不過可以想辦法找一個。」

「那就去找，要不我派人送一個來。你得囑咐她的孫女別總是跑開，告訴她，這樣做是可恥的。」

1 茶炊：（俄語：самовар，IPA：［səmɐˈvar］，自行煮沸的意思）一款加熱用的金屬容器，主要用來煮開水泡茶。

老人沒有回答，只是雙手接過那包茶和糖。

「好，再會，瑪特奧娜！」亞歷珊卓．巴甫洛夫娜說，「我會再來看你，別灰心，要按時吃藥。」

老婦人抬一抬頭，將身子略微湊近亞歷珊卓．巴甫洛夫娜。

「請把您的手給我，親愛的太太。」她囁嚅著。

亞歷珊卓．巴甫洛夫娜沒有把手遞過去，而是俯身吻了吻老婦人的額頭。

「現在，好好照顧，」她離開前對老人說，「別忘記給她服藥，照仿單上所寫的，也要給她喝些茶。」

老人仍然沒有回答，只是鞠了個躬。

走進外面的新鮮空氣裡，亞歷珊卓．巴甫洛夫娜瞬時覺得呼吸順暢。她撐起陽傘，正待邁步回家，一個年約三十歲的男子突然出現在一間小農舍的屋角旁邊。他駕著一輛輕便低矮的敞篷四輪馬車，穿著灰亞麻布的舊大衣，戴著一頂同樣材質的寬緣帽。一瞧見亞歷珊卓．巴甫洛夫娜，便立刻勒住馬，朝她轉過身。他那闊而蒼白的臉、淺灰色的小眼睛和幾乎斑白的短髭都與衣著的色調十分相襯。

「早安！」他開口道，帶著一絲懶洋洋的微笑，「你到這裡來做什麼，能容我問一句？」

「我來探訪一位病婦。你從哪裡過來，米哈伊羅．米哈伊里奇？」那個叫做米哈伊羅．米哈伊里奇的男子直盯著她的眼睛，又笑了起來。

「探望病人，」他說，「這樣很好。可你把她收進醫院不是更好嗎？」

「她太虛弱了，動不得。」

「不過，你是不是想停辦你的醫院了？」

「停辦？為什麼？」

「噢，我以為如此。」

「多奇怪的念頭！你怎麼會有這種想法？」

「我看你現在和拉蘇斯基夫人走得很近，似乎受了她的影響。依她的說法，什麼醫院、學校以及諸如此類的東西純粹都是耗費時間，都是於事無補的裝模作樣。慈善應該完全是個人的事情，教育也一樣，所有這些都是靈魂的工作……她就是這麼宣揚的吧？我倒是真想知道她從哪裡拾得了這套高論？」

亞歷珊卓．巴甫洛夫娜笑了起來。

「達爾雅．米哈伊羅夫娜是個聰明人，我很喜歡她，也非常尊重她。然而她也會有謬誤，我對她所言並不盡信。」

「你不一概聽信她是很好的，」米哈伊羅．米哈伊里奇接著說，不過仍沒從馬車上下來，「因為她對自己說的話也不相信。真的很高興見到你。」

「為什麼？」

「真是妙問！哪次見到你不讓人高興了？你今天彷彿和這早晨一般清新明媚。」

亞歷珊卓・巴甫洛夫娜又笑了。

「你笑什麼？」

「笑什麼？當真好笑！你說恭維話時最好能看看自己那副冰冷而無動於衷的神情！我真納悶你說完最後一個字時怎麼沒打呵欠！」

「冰冷的神情……你總是需要火，可火毫無用處。它燃燒，冒煙，然後就熄滅了。」

「但火給人溫暖。」亞歷珊卓・巴甫洛夫娜插進一句。

「是的……也會把人燒傷。」

「哦，就算燒傷又怎樣，也沒有大礙。無論如何，總好過……」

「好，且待哪一天把你燒個痛快時再看你怎麼說吧，」米哈伊羅・米哈伊里奇惱羞成怒地打斷她，攏一攏韁繩，「再會。」

「米哈伊羅・米哈伊里奇，等一等！」亞歷珊卓・巴甫洛夫娜喊道，「你什麼時候來看我們？」

「明天，替我問候你弟。」

馬車轆轆地揚長而去。

亞歷珊卓．巴甫洛夫娜望著米哈伊羅．米哈伊里奇的背影。

「簡直是個麻布袋！」她想著。他腰背佝僂，渾身沾滿塵土，帽子戴在後腦勺上，一綹綹亂麻般的黃髮從帽底冒出來，出奇得像是一只巨大的麵粉口袋。

亞歷珊卓．巴甫洛夫娜靜靜地轉過身，踏上回家的小道。一路上她都雙目低垂。不遠處一陣馬蹄聲令她停住腳步，抬起頭來……是她弟弟騎馬來迎接了，旁邊還跟著一位中等身材的青年，身穿一件淺色外套，前襟敞開，繫著一條淺色領帶，頭戴淺灰色帽子，手裡拿著一根手杖。他老遠就向亞歷珊卓．巴甫洛夫娜堆起笑容，儘管明明看到她正陷入沉思，什麼也不可能留意。當她停下腳步時，他便跑上前去，用一種近乎激動的愉悅語調喊道：

「早安！亞歷珊卓．巴甫洛夫娜，早安啊！」

「啊！康斯坦丁．迪奧米弟奇！早安！」她回答，「你是從達爾雅．米哈伊羅夫娜那邊來的？」

「正是，正是，」青年容光煥發地回答，「我從達爾雅．米哈伊羅夫娜那邊過來的。達爾雅．米哈伊羅夫娜叫我來找您，我倒是高興走路過來……這麼美妙的早晨，並且只有四哩路。我到的時候，發現您不在家，您弟弟說您去謝妙諾夫卡村了，而他正準備到田裡看看，於是我便跟著他來迎接您了。是的，是的，多麼令人愉快啊！」

青年的俄語講得非常流利且合乎文法，但帶著一絲外國腔，很難分辨究竟是哪一國的口音。他的容貌則有幾分亞細亞人的特徵，長長的鷹勾鼻，大而空洞的蛤蟆眼，厚厚的嘴唇，扁塌的前額，烏黑的頭髮——這一切都表明著他的東方血統。可是這位青年自稱姓潘達列夫斯基，說敖德薩是他的故鄉。實則他是由白俄羅斯某地一位好心的有錢寡婦撫養長大的，另一位寡婦則替他在政府部門謀得了一份差事，但凡中年太太們都樂於關照這位康斯坦丁·迪奧米弟奇；他知道如何投其所好，成功地博取了她們的歡心。眼下他就住在那位富裕的女地主達爾雅·米哈伊羅夫娜·拉蘇斯基家裡，身分介乎賓客與食客之間。他為人看上去極為禮貌殷勤，多情善感，暗地裡卻縱情好色。他有副悅耳的好嗓音，鋼琴彈得不賴，跟別人講話時習慣盯住對方的眼睛。他衣著整潔，一件衣服可以穿好久，寬闊的下頦刮得乾乾淨淨，一頭鬈髮梳得一絲不苟。

亞歷珊卓·巴甫洛夫娜聽他說完後，轉頭對弟弟說：

「今天我老是碰到熟人，剛才還和列日涅夫談話來著。」

「噢，列日涅夫！他趕著車子要到什麼地方去嗎？」

「是的，你想像一下他駕著輕便馬車，打扮得像只麻布口袋，滿身是塵……可真是個怪人！」

「也許是這樣。不過他是極好的人。」

「誰？列日涅夫先生嗎？」潘達列夫斯基問，似乎大為吃驚。

「沒錯，米哈伊羅・米哈伊里奇・列日涅夫，」沃倫塞夫回答，「好了，再見，這會兒我得去田裡了，他們正在替你播種蕎麥。潘達列夫斯基先生會送你回家。」沃倫塞夫策馬而去。

「榮幸之至！」康斯坦丁・迪奧米弟奇高聲說道，將手臂伸向亞歷珊卓・巴甫洛夫娜。

她挽住他的手臂，兩人沿著小道往莊園走去。

能和亞歷珊卓・巴甫洛夫娜挽臂同行似乎帶給康斯坦丁・迪奧米弟奇莫大快樂。他邁著碎步，滿面春風，那雙東方眼睛甚至濕潤起來，不過這也不算稀奇事，對康斯坦丁・迪奧米弟奇而言，深受感動之餘掉幾滴眼淚算不了一回事。再說，挽著一位優雅美麗的年輕女子，誰會不得意呢？提起亞歷珊卓・巴甫洛夫娜，全區人都會毫無異議地說她迷人，況且他們絲毫沒有說錯。單憑她那端正筆直、微微上翹的鼻子，就足以令全區的男人為之心醉神迷，更不消說她那天鵝絨般的栗色眼眸，泛金的淺褐色秀髮，豐潤雙頰的一對酒窩以及其他諸般的美麗之處了。但最迷人的莫過於那漂亮臉龐流露出的神情，推心置腹、善良溫和，令人感動的同時又撩人心弦。亞歷珊卓·巴甫洛夫娜有著孩童般的清眸和笑靨，有些太太則認為她過於單純……難道還有什麼美中不足嗎？

「你是說達爾雅·米哈伊羅夫娜請你來找我？」她問潘達列夫斯基。

「是的，夫人，她叫我來的，」他回答，把俄語「是」的音發成英文的「嘶」聲。「她特別期盼並吩咐我務必請你今天賞光到她那裡用晚膳。她正在等待一位新貴賓的光臨，特別要介紹給你認識。」

「是誰？」

「穆費里男爵，一位來自彼得堡的宮廷侍臣，達爾雅·米哈伊羅夫娜不久前在加林親王府上認識的。她對男爵閣下非常賞識，稱讚他是個討人喜歡又有學識教養的年輕人。男爵閣下對文學也很感興趣，更確切地說……啊！多麼精緻的蝴蝶啊！您瞧！更確切地說，對政治經濟學很感興趣。他寫了一篇論文，論述某個很有意思的問題，想請達爾雅·米哈伊羅夫娜指教。」

「指教政治經濟學的論文？」

「從文字的角度，亞歷珊卓·巴甫洛夫娜，從文字的角度。我想您很清楚達爾雅．米哈伊羅夫娜是這方面的權威。茹科夫斯基[2]便時常向她徵詢意見，連我的恩公，住在敖德薩的那位仁厚老人家羅克索蘭．美地亞羅維奇．科桑德雷卡……想必您知曉他的大名吧？」

「不，我從沒聽過。」

「您從沒聽過這麼一位鼎鼎大名的人物？真奇怪！我想說的是，連羅克索蘭．美地亞羅維奇都高度評價達爾雅．米哈伊羅夫娜在俄羅斯語方面的造詣呢！」

「這位男爵不會是位學究吧？」亞歷珊卓．巴甫洛夫娜問。

「一點也不，夫人；恰恰相反，達爾雅．米哈伊羅夫娜常說，一眼便可看出他是高尚文雅之人。他談起貝多芬來滔滔不絕，老親王聽了眉開眼笑。這一點，說句心裡話，我也盼著聆聽他的高見呢，要知道音樂可是我的本行。請容許我向您獻上這朵可愛的野花。」

亞歷珊卓．巴甫洛夫娜接過花，沒走幾步，便讓它掉在路上了。這會兒，他們離她家至多兩百步的距離。宅子是新建的，粉刷得雪白，寬敞明亮的大窗盛情迎人似地

2 瓦西里．安德烈耶維奇．茹科夫斯基（Vasiliy Andreyevich Zhukovskiy，1783-1852），俄羅斯詩人暨翻譯家。

閃現在老菩提樹和槭樹濃密的綠蔭間。

「那麼，我該如何回稟達爾雅．米哈伊羅夫娜呢？」潘達列夫斯基問，心裡微微為他所獻上那朵小花的命運感到委屈，「您會賞光赴宴嗎？她邀請令弟也一同前去。」

「是的，我們會去，準會去。娜塔莎好嗎？」

「感謝上帝，娜塔莉雅．阿列克謝耶夫娜很好。我們已經走過往達爾雅．米哈伊羅夫娜家的分岔路了，請原諒我要失陪了。」

亞歷珊卓．巴甫洛夫娜停下來。「怎麼？你不到我家坐坐？」她遲疑地問道。

「我巴不得去，真的，不過時間不早了。達爾雅．米哈伊羅夫娜想聽一首塔爾貝格[3]的新練習曲，我得趕回去練一下，做好準備。再說，我得承認，我很懷疑自己的造訪能否讓您高興。」

「噢，不，怎麼會這麼想？」

潘達列夫斯基輕嘆一聲，似有深意地垂下眼睛。

「再見了，亞歷珊卓．巴甫洛夫娜！」他沉吟片刻後說，鞠了一躬，轉過身去。

亞歷珊卓．巴甫洛夫娜轉身朝宅子走去。

康斯坦丁．迪奧米弟奇也往自己的住處走。所有甜媚之態立刻從他臉上消失，被一種自信、近乎冷酷的表情取而代之，甚至連步伐姿態都隨之改變。他昂首闊步，踏地有聲。他隨心所欲地揮舞著手杖走了約莫兩哩路，突然咧嘴笑了：他看見路旁有位頗具姿色的年輕務農女子，正從燕麥田趕幾頭小牛犢出來。康斯坦丁．迪奧米弟奇像貓一樣躡手躡腳地湊到農家女身邊，跟她搭訕起來。農家女起先沒作聲，只是漲紅了臉笑，不過後來用衣袖掩住臉，轉過身去喃喃地說：

「走開吧，先生，您……」

康斯坦丁．迪奧米弟奇晃晃手指威嚇她，叫她採幾朵矢車菊過來。

「您要矢車菊做什麼？拿去編花環嗎？」農家女回答，「真是的，您走開吧。」

「聽我說，我可愛的小美人……」康斯坦丁．迪奧米弟奇開口道。

「走開吧，」農家女打斷他，「瞧，少爺們來了。」

康斯坦丁．迪奧米弟奇扭頭看去，果然發現達爾雅．米哈伊羅夫娜的兩個兒子凡尼亞和彼特亞正沿路奔來，身後跟著他們的家庭教師巴西斯托夫，一位剛從大學畢業、二十來歲的青年。巴西斯托夫身材魁梧，一臉憨實，大鼻子，厚唇，細小的豬眼睛，雖其貌不揚卻心地良善、誠實正直。他不修邊幅，蓄長髮——倒不是追求時髦，

3 西吉斯蒙德．塔爾貝格（Sigismond Thalberg，1812-1871），奧地利鋼琴家、作曲家。

而是懶得打理。他好吃嗜睡，但也喜愛好書與熱烈的交談。他打從心底裡厭惡潘達列夫斯基。

達爾雅．米哈伊羅夫娜的兩個孩子十分崇拜巴西斯托夫，一點也不怕他。他和這個家庭裡的其他人也都關係融洽，不過女主人對此並不十分歡喜，雖則她素來宣稱自己從沒有過任何門第偏見。

「早安，孩子們，」康斯坦丁．迪奧米弟奇說，「今天你們這麼早就出來散步啦！不過，」他又轉向巴西斯托夫說，「我也很早就出來了，我熱中欣賞大自然。」

「我們已經看到你是怎樣在欣賞大自然的了。」巴西斯托夫嘟囔著。

「你是唯物論者，天曉得你在想些什麼！我可了解你。」潘達列夫斯基與巴西斯托夫這一類人說話時特別容易惱怒，「是」的發音咬字相當清楚，甚至略帶嘶聲。

「怎麼，你剛才大概是向那女孩問路吧？」巴西斯托夫說，眼珠左右滴溜著。他發覺潘達列夫斯基正死死盯著他，這讓他極不舒服。

「我再說一遍，你是唯物論者，如此而已。你當然凡事都只會往庸俗的方面想。」

「孩子們！」巴西斯托夫突然喊道，「看到草地角落裡那棵柳樹沒有？讓我們來比賽，看誰先跑到那裡。一！二！三！衝！」

孩子們使出全力向柳樹奔去，巴西斯托夫緊緊跟在他們後面。

「真是個鄉下人！」潘達列夫斯基想，「他會把孩子教壞的。一個十足的鄉巴佬！」

康斯坦丁．迪奧米弟奇得意地打量著自己整潔優雅的衣裝，張開手指撣了兩下外套的袖子，整了整衣領，繼續往前走去。他回到自己的房間後，立刻換上一件舊寢衣，面露慮色地坐在鋼琴前。

2

達爾雅．米哈伊羅夫娜的宅第在全省幾乎被視為首屈一指。這座依照拉斯特雷利[4]的設計建造、具有上世紀風格的龐大巨石建築雄偉地聳立在山丘頂部，山麓處有一條俄羅斯中部地區的主要河流經過。達爾雅．米哈伊羅夫娜本人是一位出身望族的貴

4 弗朗切斯科．巴爾托洛梅奧．拉斯特雷利（Francesco Bartolomeo Rastrelli，1700-1771），義大利著名建築師，主要作品在俄國。

婦，皇室樞密顧問官的遺孀。潘達列夫斯基一再吹噓她認識全歐洲，全歐洲也都知曉她，但實際上歐洲知曉她的寥寥無幾，即使在彼得堡，她也不是重要角色；不過她在莫斯科確實無人不曉，拜訪她的人絡繹不絕。她屬於上流社會的頂層，被公認是一個性情乖僻的女人，脾氣不太好，但異常聰明。她年輕時非常美麗，詩人為她獻詩，年輕人無不為之傾心，達官貴人都甘願做她的臣僕。但是二十五年、三十年過去了，往昔的天姿國色已經蕩然無存。如今凡是初次見她的人都不禁納悶，眼前這個女人——瘦削、尖鼻、年紀還不算太老的黃臉婆——果真是當年那個絕代佳人嗎？她真的是那個曾令詩人們靈感勃發的女人嗎？……於是，人人都會在內心慨歎這世間萬物的變化無常。誠然，潘達列夫斯基宣稱達爾雅．米哈伊羅夫娜的那雙眼睛依然顧盼生輝，我們也都知道正是這個潘達列夫斯基還斷言她聞名全歐呢。

達爾雅．米哈伊羅夫娜每年夏日都會攜子女（她育有一女二子，女兒娜塔莉雅，十七歲，另有兩個十歲和九歲的兒子）到鄉間避暑。鄉間宅第的大門一直敞開，這就是說，她經常接待男士，尤其是單身男士；至於那些外省太太們，她則是忍受不了，一概拒之門外。不過，那些太太還施其身的非議也真夠她受的！據她們說，達爾雅．米哈伊羅夫娜目中無人，品行不端，是個面目可憎的暴君，尤其是她的言語放縱到極點，簡直令人目瞪口呆！說實在的，達爾雅．米哈伊羅夫娜在鄉間當然不在意禮節，而且從她待人接物無拘無束的態度中隱約可以察覺這位首府貴婦對簇擁在她周圍的這群低微無知、缺乏教養的土包子們的輕蔑。就算對待城市裡的熟人，她的態度也很隨意，甚至冷嘲熱諷，不過並沒有那種輕蔑不屑的形跡。

順便問一下讀者諸君，你們可曾留心一個對待下屬漫不經心的人在上級面前卻絕不會如此？這是什麼緣故？但是這類問題問了也是枉費唇舌。

康斯坦丁．迪奧米弟奇終於把塔爾貝格的練習曲記熟，之後便離開明淨舒適的房間，來到樓下客廳。他發現一家人都聚齊了，沙龍已經開始。女主人雙腿蜷縮著倚在一張寬闊的臥榻上，手裡拿著一本新出版的法文小冊子；在靠窗的繡架後面，一邊坐著達爾雅．米哈伊羅夫娜的女兒，另一邊坐著家教邦庫爾女士，她是位六十多歲的乾癟老處女，黑色假髮上扣著一頂花稍的帽子，耳朵裡堵著棉花；靠門的一角窩著正在讀報紙的巴西斯托夫，彼特亞和凡尼亞在他身邊下著跳棋；還有一名身材矮小的男子背剪雙手倚在壁爐旁，他灰髮蓬亂，臉色黝黑，一對烏黑小眼睛目光炯炯——此人就是阿夫里康．謝苗尼奇．比加索夫。

這位比加索夫是個怪人。對世上任何事、任何人都極為尖刻——尤其對女人——他自早到晚罵聲不絕，有時罵得恰如其分，有時罵得不著邊際，但始終罵得興致勃勃。他滿腹牢騷近乎於稚氣；他的笑，他說話的聲音，乃至他的一切好像都浸泡在毒液裡似的。達爾雅．米哈伊羅夫娜倒對他盛情款待：他的俏皮話使她開心，可它們也真是再荒唐不過的。誇大其辭成了他的嗜好。譬如說，如果得知什麼不幸之事，像是村莊遭了雷擊，洪水沖毀了磨坊，或是農夫不慎用斧頭砍斷了自己的手，他無不滿腔仇怒地問，「她叫什麼名字？」意思是問挑起這場災禍的女人叫什麼名字。因為根據他的信條，女人是帶來災難的禍根，只要對一樁事追根究柢，就會發現無一例外。他曾有次跪倒在一位並不熟識但執意要招待他的太太腳下，涕泗橫流又面露慍色地請求她的憐憫，說他從未得罪過她，而且今後再也不會驚擾她府上了。還有一次，達爾雅．米哈伊羅夫娜家的一名女僕才跨上馬，馬便衝下山去，把她拋進山溝裡險些喪命。從那時候起，比加索夫一提起那匹馬便連聲盛讚「好馬，好馬」，而那座山丘和那道山溝在他眼中也成為旖旎如畫的好景致。比加索夫一生坎坷，養成了他這種乖張的性情。他出身貧苦，父親曾做過各種卑微的職差，勉強識得幾個字，對兒子的教育漠不關心，能吃飽穿暖便足矣。母親對他十分寵愛，但很早就死了。比加索夫靠著自學進入區立小學，之後又考進中學，自己讀法文、德文甚至拉丁文，後來他以優異成績從中學畢業，進入塔爾圖大學。那段期間，他不得不與貧困持續鬥爭，終於修完三年課程。比加索夫的資質並不出眾，不過他的耐力和毅力之頑強卻超出常人；尤其是他的那股野心，那種要躋身上流社會、不甘次人一等、不受命運擺布的慾望特別強烈。他發奮讀書，投考塔爾圖大學都是受這種野心的驅使。貧窮令他激憤，同時也養成他察言觀色與隨機應變的能耐。他的言談自樹一幟，從年少時起便練就了一種刻薄洩恨的獨特口才。其實他的才思並未高於他人，但談吐使他顯得不僅是聰明，甚至是絕頂聰明。取得學士學位後，比加索夫全心致力於獲取更高學位，成為一名學者；他知道，在其他領域根本無法與自己的同窗相匹敵。他挑選、盡力迎合出身上流的同學，千方百計地與他們結交，博取好感，甚至不惜阿諛奉承，儘管在背後對他們罵不絕口。老實說，他亦不是做學問的料。比加索夫的發憤圖強並非出於對讀書的熱愛，實際上他的知識相當貧乏，在論文口試時，他一敗塗地；而和他同寢一室、經常淪為他笑柄的另一個學生，儘管才能有限卻因為受過扎實的基礎教育而大獲成功。這次失敗令比加索夫怒不可遏，他把所有書籍和抄本付之一炬，到政府部門謀了份差事。起初他做得很順遂，是個還不錯的公務員，雖不十分活躍，卻極為自信、大膽。只是他升官心切，反而栽了大跟頭，惹禍上身，不得不辭職了事。他在自己購置的田產上住了三年之後，突然跟一位略讀過書的女富翁結婚，對方是被他那種放蕩不羈和冷嘲熱諷的姿態所迷惑了。但是比加索夫的性情太暴戾易怒，家庭生活於他成為一種累贅，太太和他生活了幾年之後，便偷偷跑去莫斯科，還把田產賣給一個奸商；而比加索夫才剛在那塊地上蓋起一座莊園。最後這次打擊摧毀了比加索夫，他決定和太太打官司，結果也無濟於事。自此之後他便過著獨居生活，有時候也去拜訪周圍的鄰居。他在背後甚至當面辱罵這些鄰居，他們仍強裝笑顏地勉強接待他，畢竟並不覺得他當真可怕。他再也沒捧起書本。他還擁有近百名農奴，境況倒是還好。

「啊，康斯坦丁[5]，」潘達列夫斯基一走進客廳，達爾雅・米哈伊羅夫娜便問，「亞歷珊卓[6]來嗎？」

「亞歷珊卓・巴甫洛夫娜要我向您道謝，她很高興您邀請她，」康斯坦丁・迪奧米弟奇回答道，一邊殷勤地向四周鞠躬，一邊用他那指甲修剪成三角形的肥白小手擼著梳理得紋絲不亂的頭髮。「沃倫塞夫也來嗎？」

「來的。」

「那麼，照你所說，阿夫里康・謝苗尼奇，」達爾雅・米哈伊羅夫娜轉向比加索夫，繼續剛才的談話，「所有的年輕小姐無不矯揉做作嗎？」

比加索夫撇撇嘴，神經質地扭了一下手肘。

「我是說，」他不緊不慢地開了口——即便在勃然大怒時，他講話也慢條斯理，咬字清晰，「我是泛指年輕小姐……至於在座各位，當然，我不予以評論。」

「不過這並不妨礙你對她們作出評價。」達爾雅・米哈伊羅夫娜打斷他。

「我對她們不予評論，」比加索夫重複了一句，「所有的年輕小姐，一般來說，都裝腔作勢到了極點，連表達情感也是矯揉做作。比方說，有位小姐受到驚嚇，或是為了什麼事而開心又或傷心，她必定會先優雅地扭動一下身體，」比加索夫扭著腰，攤開雙手，姿勢很是難看，「然後才『啊』一聲地尖叫出來，或是笑，或是哭。不過有一次，」說到這裡，比加索夫得意地笑了，「我總算讓一位很做作的小姐表現出真實自然的感情了！」

「你怎麼辦到的？」

比加索夫眼睛一亮。

「我拿了根白楊木棍從後面對著她的腰眼捅了一下，她大叫一聲，我便告訴她，『好，好極了！這才是自然的聲音，這才是叫痛的聲音！今後你要常常如此！』」

滿屋子的人哄堂大笑。

「你在胡扯些什麼，阿夫里康．謝苗尼奇，」達爾雅．米哈伊羅夫娜提高聲音說，「我才不信你會用棍子去捅小姐的腰呢！」

「是的，真的，用一根木棍，很粗的木棍，就像那種用來守衛堡壘的棍子。」

---

5 原文為法文，“Constantin”。
6 原文為法文，“Alexandrine”。

「你說的這些太可怕了。[7]」邦庫爾小姐驚呼道，狠狠地瞪著笑得前仰後合的孩子們。

「噢，你別信他的，」達爾雅．米哈伊羅夫娜說，「你還不了解他嗎？」

但這位被惹怒的法國女人久久不能平復下來，嘴裡嘟囔個不停。

「你們不必相信我，」比加索夫冷冷地接著說，「不過我擔保所言句句屬實，除了我還會有誰知道？既然如此，那麼你們也不會相信我們的鄰居葉蓮娜．安東諾夫娜．柴布茲太太親口告訴我……請注意是她親口告訴我的，說她是怎樣害死自己的親外甥。」

「你又在胡說八道了！」

「等一等，等一等！請你們聽完後再作判斷不遲。注意，我絲毫不想誹謗她，我甚至愛她到愛一個女人可達到的程度。她家裡除了一本日曆之外沒有別的書，因為她看書非得大聲朗讀出來才行，而這種朗讀的勞作會使她渾身冒汗；她還抱怨眼珠就快要爆裂了……簡而言之，她是個頂好的女人，她的女僕們也個個吃得胖呼呼的。我何必要誹謗她呢？」

「你們瞧，」達爾雅．米哈伊羅夫娜說，「阿夫里康．謝苗尼奇的獨門絕活又要亮相了，不到天黑不會落幕。」

「我的絕活！可女人的絕活至少有三手，而且它們從不落幕，除非是睡著了。」

「哪三手絕活？」

「好埋怨，好非議，好互相指責。」

「聽我說，阿夫里康・謝苗尼奇，」達爾雅・米哈伊羅夫娜說道，「你這樣仇視女人不會是無緣無故的。一定有什麼女人或別的……」

「傷害過我，你是想說？」比加索夫打斷她。

達爾雅・米哈伊羅夫娜有些尷尬，她想起了比加索夫不幸的婚姻，只得點點頭。

「確實有個女人曾傷害過我，」比加索夫說，「雖說她是個好人，一個非常好的人。」

「這人是誰？」

「我母親。」比加索夫放低了聲音說。

「你母親？她怎麼傷害你了？」

「她把我生到這世上。」

7　原文為法文，“Mais c’est un horreur ce que vous dites là, Monsieur”。

達爾雅・米哈伊羅夫娜皺了皺眉頭。

「我們的談話，」她說，「似乎轉向了不愉快的話題。康斯坦丁，替我們彈一首塔爾貝格的新練習曲吧。我敢說音樂能夠安撫阿夫里康・謝苗尼奇。奧菲斯不是連野獸都馴服了。」

康斯坦丁・迪奧米弟奇於是在鋼琴前坐下，那首練習曲演奏得相當好。娜塔莉雅・阿列克謝耶夫娜起初全神貫注地聆聽，不一會兒就又低頭繼續刺繡了。

「謝謝，簡直太美妙了[8]，」達爾雅・米哈伊羅夫娜說，「我愛塔爾貝格。他是如此出色[9]。你有何感想，阿夫里康・謝苗尼奇？」

「我在想，」阿夫里康・謝苗尼奇慢條斯理地開口道，「世上有三種利己主義者。自己活著也讓別人活；自己活著卻不讓別人活；自己不活也不讓別人活……女人，絕大多數，是屬於第三種。」

「你說得太客氣了！不過有一點讓我感到非常訝異，阿夫里康・謝苗尼奇，你對自己的觀點充滿了高度自信，好像永遠不會出錯似的。」

「誰說的？我也會錯，男人也會犯錯。不過你知道男人的錯和女人的錯有什麼區別嗎？不知道吧？好吧，區別就在於，譬如說，男人會說，二乘二不等於四，而是等於五或三又二分之一，女人則會說二乘二等於一根蠟燭。」

「我好像聽你說過這番話。但是請允許我問一句，關於三種利己主義者的觀點跟剛才聽的音樂有什麼關係？」

「毫無關係，我根本沒在聽音樂。」

「唉，『我看你是無可救藥，就是這樣了。』」達爾雅．米哈伊羅夫娜回答說，她把格里博也多夫[10]的詩句稍作了改動，「既然你連音樂也不喜歡，那你喜歡什麼呢？文學嗎？」

「我喜愛文學，只是不喜愛當代文學。」

「為什麼？」

「我來告訴你。最近我和一位貴族先生同乘渡船過奧卡河，碼頭設在岸邊窄陡處，馬車都得靠人力拉至岸邊。這位先生的馬車特別重，船夫們費勁氣力拚命把它往岸上拽，這位先生則站在渡船上一個勁兒地唉聲嘆氣，直讓人替他可憐……當時我就

8 原文為法文，"Merci, c'est charmant"。
9 原文為法文，"Il est si distingué"。
10 亞歷山大．格里博也多夫（Алекса́ндр Серге́евич，1795-1829），俄羅斯外交官、劇作家、詩人、作曲家，成名作為《聰明誤》。

想，這便是分工制度活生生的一幅圖畫！當代文學也是這樣，別人在做工，他卻在一旁唉聲嘆氣。」

達爾雅．米哈伊羅夫娜微微一笑。

「可這就叫做體現當代生活了，」比加索夫滔滔不絕地往下說，「或是深切同情社會問題，諸如此類……哦，我可真痛恨這種冠冕堂皇的說法！」

「可受你大肆攻擊的女人們，至少她們沒有使用這種說法。」

比加索夫聳了聳肩膀。

「她們不使用是因為她們不知道。」

達爾雅．米哈伊羅夫娜的臉略微泛紅。

「你可愈來愈無禮了，阿夫里康．謝苗尼奇！」她勉強笑著指出。

客廳裡鴉雀無聲。

「佐洛托洛沙在哪裡？」巴西斯托夫旁邊的一個男孩突然問道。

「位在波爾塔瓦省，我親愛的孩子，」比加索夫回答，「就在小俄羅斯[11]的中心。」他很高興趁機轉換話題。「剛才我們在談論文學，」他接著說道，「如果我有閒錢，馬上就可以成為一個小俄羅斯的詩人。」

「你說什麼？好一個詩人！」達爾雅．米哈伊羅夫娜譏誚地說，「你懂小俄羅斯語嗎？」

「一竅不通，不過也不需要懂。」

「不需要？」

「哦，就是不需要。只消拿一張紙，在頂端標上題目『歌謠』，接下來就這樣寫：『嘿嗬，我的命運！』或是『哥薩克納利瓦伊科坐在小山上，坐在大山上，綠蔭下的鳥兒在歌唱，嘎拉耶，哇囉啪，跳啊跳！』以及諸如此類的內容。這樣便完成了，拿去付印、出版，小俄羅斯人讀了它，便會低下頭埋在手掌裡，潸然淚下……就是這麼多愁善感的靈魂啊！」

「天啊！」巴西斯托夫高聲說，「你在說什麼呀？都是無稽之談。我在小俄羅斯住過，我愛那裡，也知曉它的語言……『嘎拉耶，嘎拉耶，哇囉啪』根本沒有任何意義。」

「也許沒有，但是小俄羅斯人讀了還是會落淚。你提到『語言』……難道有什麼小俄羅斯語嗎？依你所見，那算是一種語言嗎？一種獨立的語言？我寧願把最好的朋友搗成肉泥也無法同意這個觀點。」

11 今烏克蘭中部和北部。

巴西斯托夫正想反駁。

「別理他，」達爾雅．米哈伊羅夫娜說，「你知道從他嘴裡除了那些自相矛盾的話之外聽不到別的了。」

比加索夫冷笑了一下。僕人進來通報亞歷珊卓．巴甫洛夫娜姊弟倆到了。達爾雅．米哈伊羅夫娜起身迎客。

「你好，亞歷珊卓！」她迎上去說，「你能來真是太好了……你好，謝爾蓋．巴甫里奇。」

沃倫塞夫同達爾雅．米哈伊羅夫娜握了握手，然後走向娜塔莉雅．阿列克謝耶夫娜。

「那位男爵怎麼樣了，你那位新結識，他今天要來嗎？」

「是的，他要來。」

「他們說他是一位大哲學家，我猜他滿肚子都是黑格爾？」

達爾雅．米哈伊羅夫娜沒有回答，她請亞歷珊卓．巴甫洛夫娜坐在臥榻上，自己則坐在她身旁。

「哲學，」比加索夫繼續說，「是種居高臨下的見解！它是另一種我所憎惡的東西，站到那麼高又能看到什麼呢？說真的，假如你要買匹馬，用不著爬到尖塔上去相牠吧！」

「那位男爵要拿一篇論文給你過目嗎？」亞歷珊卓．巴甫洛夫娜問。

「是的，一篇論文，」達爾雅．米哈伊羅夫娜故意漫不經心地回答，「論述俄國商業與工業的關係……不過無須擔心，我們不會在這裡宣讀這篇文章……我邀請你來不為談這個。男爵親切又博學[12]。他的俄語說得很漂亮！可謂口若懸河，會像激流般把你捲走[13]。」

「他的俄語說得如此漂亮，」比加索夫嘀咕著，「所以值得用法語加以稱讚。」

「你愛怎樣嘀咕便逕自嘀咕去吧，阿夫里康．謝苗尼奇……這和你衝冠怒髮的模樣十分相配……不過真是奇怪，他怎麼到現在還沒來。這樣吧，先生女士們[14]，」達爾雅．米哈伊羅夫娜環顧了一下四周，又說道，「我們到花園裡去吧，離用餐時間還有近一個小時，天氣又這麼好。」

大家站起身來，往花園移動。

---

12 原文為法文，"Le baron est aussi aimable que savant"。

13 原文為法文，"C'est un vrai torrent ... il vous entraîne"。

14 原文為法文，"messieurs et mesdames"。

達爾雅·米哈伊羅夫娜的花園一直延伸到河邊。花園裡，許多古老的菩提樹行列成蔭，芬芳馥郁。金燦燦的陽光灑向林蔭道盡頭的一片盎然綠意。園內還有不少金合歡和紫丁香花亭。

沃倫塞夫伴著娜塔莉雅和邦庫爾女士向花園最濃密的地方走去。他和娜塔莉雅默默並肩而行，邦庫爾則跟在稍遠處，保持些許距離。

「今天你都做了什麼？」沃倫塞夫捻了捻他那兩撇帥氣的深褐色短髭，終於開口問道。

他的相貌和姊姊非常相像，但表情不如姊姊那麼活潑有朝氣，那雙柔和漂亮的眼睛裡還帶著幾分憂鬱。

「哦，什麼也沒做，」娜塔莉雅回答，「無非就是聽比加索夫嘲諷，以及繡花、看書。」

「你看什麼書？」

「哦，我在看……十字軍遠征史。」娜塔莉雅猶疑了一下說。

沃倫塞夫看著她。

「噢！」他終於喊出一句，「那一定很有趣。」

沃倫塞夫折了一根樹枝，凌空揮舞著。他們又向前走了二十步。

「你母親認識的那位男爵是什麼人？」他又問道。
「一位宮廷侍臣，是位新客，母親很賞識他。」
「你母親很容易對人著迷。」
「那表明她的心還很年輕。」娜塔莉雅說。
「是的，這幾天我就會把你的馬送來，差不多調教好了。我想教會牠大步跑，我很快便可以做到了。」
「謝謝[15]……不過我很過意不去，要你親自調教……據說，這是非常辛苦的。」
「只要能給你帶來些微的愉悅，你知道的，娜塔莉雅·阿列克謝耶夫娜，我甘願……我……這點小事……」
沃倫塞夫一時語塞。
娜塔莉雅友善地望著他，又說了句「謝謝[16]！」
「你知道，」謝爾蓋·巴甫里奇·沃倫塞夫沉吟了半晌後才又接著說，「沒有什麼事情可以……可我何必說這個呢？你全都明白的，當然。」

---

15 原文為法文，“Merci”。
16 原文為法文，“merci”。

就在這一刻，屋裡的鈴聲響了。

「啊！晚飯的鈴聲[17]！」邦庫爾喊道，「我們回去吧[18]。」

「真可惜[19]，」這位法國老女人跟在沃倫塞夫和娜塔莉雅身後踩上露台石階時，心中暗忖，「這個迷人的青年太不善辭令了[20]。」這話翻譯成俄語的說法就是，「你是個好小伙子，我親愛的孩子，可就是有點傻。」

男爵並沒赴宴，大家足足等了他半個小時。席間，大家談話都提不起興致來。謝爾蓋・巴甫里奇坐在娜塔莉雅身旁，只顧瞧著她，頻頻殷勤地往她的杯中添水。潘達列夫斯基竭力想討好他的鄰座亞歷珊卓・巴甫洛夫娜，可是白費力氣。儘管他說了不少恭維話，她卻忍不住要打起呵欠了。

巴西斯托夫把麵包捏成一個個小球，什麼也沒在想。連比加索夫也沉默不語，當達爾雅・米哈伊羅夫娜指出他今天不太有禮貌時，他氣憤地回答，「我什麼時候有過禮貌？那不是我做的事，」他冷笑了一下又說，「稍微忍耐一下吧。你知道，我只不過是杯克瓦斯[21]，普普通通的俄國克瓦斯，而你的宮廷侍臣……」

「妙！」達爾雅・米哈伊羅夫娜大聲叫道，「比加索夫吃醋了，他已經在吃醋了！」

但比加索夫沒有搭理她，只是斜瞄了她一眼。

鐘敲過七下，大家又聚集到客廳。

「顯然他不會來了。」達爾雅．米哈伊羅夫娜說。

但就在這時，響起了馬車的轔轔聲，一輛小巧的四輪馬車駛進庭院。不一會兒，一名僕人走進客廳，用銀盤子托著一封信，遞給達爾雅．米哈伊羅夫娜。她快速地瀏覽了一遍，轉身問僕人：

「送信來的那位先生在哪裡呢？」

「還坐在馬車裡。要請他進來嗎？」

「請。」

僕人走了出去。

「想想，多掃興！」達爾雅．米哈伊羅夫娜接著說，「男爵接到召令，要他立即返回彼得堡。他讓他的一位朋友，這位羅亭先生，把他的文章送給我。男爵本來就想

---

17 原文為法文，“la cloche du diner”。
18 原文為法文，“rentrons”。
19 原文為法文，“Quel dommage”。
20 原文為法文，“quel dommage que ce charmant garçon ait si peu de ressources dans la conversation”。
21 Kvas，一種傳統的俄羅斯和烏克蘭飲料，通常以黑麥麵包、水、糖和酵母發酵而成。

把這位先生介紹給我，他對這位先生讚譽有加。只是多麼掃興啊！我還希望男爵可以在這裡留一段時間呢。」

「德米特里·尼古拉耶伊奇·羅亭到了。」僕人通報說。

3

一位年約三十五歲的男人走了進來，高個子，背部微駝，頭髮鬈曲，膚色黝黑，一張不太勻稱卻富有表情、蘊含智慧的臉，深藍色的眼睛像閃著一汪水，鼻子闊挺，嘴唇的輪廓很漂亮。他身上的衣服並不新，還有幾分緊繃，彷彿是因為體型長大而變得不合身那般。

他快步走向達爾雅·米哈伊羅夫娜，微微一鞠躬表示久已渴慕被介紹給她，還說他的男爵朋友因不能親來辭行而深感遺憾。

羅亭尖細的嗓音與他高大的身材與寬闊的胸膛並不相稱。

「請坐……我很高興。」達爾雅·米哈伊羅夫娜喃喃地說。在她把他介紹給其餘在座的人之後，她問他是本地人還是路過此地。

「我的莊園在T省。」羅亭答道，把帽子擱在膝上，「我才來不久，辦事經過此地，暫時住在縣城。」

「住在誰家？」

「住在醫生家，他是我大學的老同學。」

「噢！醫生家，他口碑極好，大家都說他醫術高明。你和男爵認識很久了嗎？」

「去年冬天在莫斯科相識的，最近又在他那裡住了一個禮拜。」

「男爵是個絕頂聰明的人。」

「是的。」

達爾雅．米哈伊羅夫娜嗅了嗅她那灑了香水的褶皺手帕。

「你在政府單位擔任公職嗎？」她問。

「誰？我嗎？」

「是的。」

「不，我已經退職了。」

一陣短暫的冷場後，大家又交談了起來。

「如果允許我請教，」比加索夫轉向羅亭問道，「你知道男爵閣下送來這篇論文的內容嗎？」

「是的，我知道。」

「這篇論文述及貿易關係……哦，不是，是我國商業與工業的關係……你是這麼說的，是吧，達爾雅．米哈伊羅夫娜？」

「是的，是述及這個……」達爾雅．米哈伊羅夫娜說著，將手按在額頭上。

「我，當然，對這類事情是外行，」比加索夫繼續說道，「不過我得承認，論文的題目在我看來甚至都有些過於……怎樣才能說得委婉些呢……過於含混與複雜。」

「你何以有這樣的看法？」

比加索夫笑了一下，向達爾雅．米哈伊羅夫娜斜睨了一眼。

「那麼，依你看，清楚嗎？」他問道，又將他狡猾的臉轉回羅亭。

「依我看？很清楚。」

「嗯。你一定知道得比較詳盡。」

「你頭疼嗎？」亞歷珊卓．巴甫洛夫娜問達爾雅．米哈伊羅夫娜。

「不，我只是……神經性的毛病[22]。」

「請允許我再請教一個問題，」比加索夫又夾著鼻音問道，「你的朋友，男爵閣下穆費里，我想這是他的名字吧？」

「正是。」

「穆費里男爵閣下是在專門研究政治經濟學，還是只是在社交應酬和公務之暇抽些工夫來涉足這門有趣的學問呢？」

羅亭鎮定地望著比加索夫。

「男爵在這方面只是位業餘愛好者，」他回答說，臉微微漲紅，「但他的這篇文章裡還是有很多有趣的內容和言之有理的見地。」

「我無法和你爭辯，因為我沒有拜讀過這篇文章。不過恕我大膽問一句，你朋友穆費里男爵的文章想必是立論於一般定理而多過現實吧？」

「既有現實，也有基於現實的定理。」

「好的，好的。我必須奉告你，在我看來……必要時，我有權發表意見，我曾在塔爾圖大學待過三年……所有這些，所謂的定理、假設和體系……請原諒，我是個鄉下人，講話粗魯直接……通通一文不值，這些都只是空談理論，故弄玄虛。請拿出事實，先生，這樣就足夠了。」

「的確如此！」羅亭反駁說，「可是，難道這些不也該揭示出事實所蘊含的真義嗎？」

22　原文為法文，“c’est nerveux”。

「一般的定理，」比加索夫接口道，「我厭惡極了這些個一般的定理、理論和結論。這一切都基於所謂的信念，每個人都在談自己的信念，並加諸於無比的重要性，而且還以之為傲。哼！」

比加索夫向空中揮了一拳，潘達列夫斯基笑了。

「好極！」羅亭說，「如此說來，你不認為有信念之類的東西了？」

「沒有，根本不存在。」

「這是你的信念？」

「是的。」

「那你怎麼說信念是不存在的呢？你這不就先有了個信念。」

滿屋子的人都笑了，彼此會意互看。

「且慢，且慢，但是……」比加索夫正要說下去。

但達爾雅·米哈伊羅夫娜已在拍手高喊，「好極，好極，比加索夫敗下陣來了！」她隨即輕輕地從羅亭手裡接過了帽子。

「不要高興得太早，夫人，才剛開始呢！」比加索夫惱怒地說，「盛氣凌人地說幾句俏皮話是遠遠不夠的，還得加以證實、辯駁。我們已經岔到討論的話題之外了。」

「如蒙允許，」羅亭鎮定地說，「事情很簡單。你不相信一般定理的價值，你也不相信有任何信念？」

「我不相信，我什麼都不相信。」

「很好，你是一位懷疑主義者。」

「我看沒有必要引用這種學術性的字眼。無論如何……」

「你別打岔！」達爾雅・米哈伊羅夫娜插口道。

「咬他啊，老狗！」潘達列夫斯基同時也在心裡說，嘴巴咧開著笑。

「這個字眼傳達了我的意思，」羅亭接著說，「你也明白它的，為什麼不能用呢？你什麼也不相信，那你為何又相信事實呢？」

「為何？問得好！事實是經驗見證的事物，是人所共知的。我憑經驗去判斷它，憑自己的感覺去評判它。」

「難道感覺就不會欺騙你嗎？感覺告訴你，太陽繞著地球轉……也許你也不同意哥白尼吧？你甚至連他都不相信嗎？」

又一陣微笑掠過每個人的臉，所有的眼睛都凝視著羅亭。「這人一點也不含糊其辭。」每個人都這麼想。

「你盡可開玩笑，」比加索夫說，「固然獨創，但並沒說到點子上。」

「直到此刻我的所言，」羅亭反駁說，「很遺憾，毫無獨創的東西，都是知之已久、說過千遍萬遍的。問題的關鍵不在這裡。」

「那麼在哪裡呢？」比加索夫問，口氣頗有幾分蠻橫。

每逢辯論，他往往先把對手揶揄一番，繼而惱羞成怒，最後則賭氣一言不發。

「問題在於，」羅亭接著說，「我承認，我不能不感受到由衷的遺憾，當我聽到明理人在攻擊……」

「體系嗎？」比加索夫打斷他說。

「是的，隨你怎麼說，就算是體系吧。你何以如此害怕這個字眼？任何體系都是建立在對基本規律、生活原則的認識之上……」

「但是這些規律、原則是無法知道，也無從發現的。」

「請原諒，等我說完。當然，並不是每個人都能識得這些規律，何況人也難免會出錯。不過你應該會同意這點，譬如說，牛頓畢竟是發現了幾條基本規律吧？我們公認他是天才，而天才的發現之所以偉大，就因為這些發現會成為公眾財富。力求從包羅萬象中發現宇宙的規律正是人類智慧的最主要特徵之一，而我們的所有文明……」

「原來你想說的就是這個！」比加索夫拖著長腔插嘴道，「我是個講求實際的人，對這些形而上學的玄妙從未涉足，也不想涉足。」

「很好，隨你喜歡。不過請注意，你想做一個徹頭徹尾講求實際的人，這想望本身就是一種特殊的體系……一種理論。」

「你談到了文明！」比加索夫突然脫口而出，「你又想用這個概念來譁眾取寵！多麼有用啊，這種大肆吹噓的文明！就算只付一個銅板去買你的文明我也不要！」

「多麼拙劣的辯論啊，阿夫里康·謝苗尼奇！」達爾雅·米哈伊羅夫娜說，內心對新朋友的沉穩與優雅極為滿意。「他是個體面人物[23]，」她頗帶好感地窺看他一眼，思忖著，「我們可不能虧待他！」最後這句話是用俄文在心裡說的。

「我不打算為文明辯護，」羅亭沉吟了片刻後繼續說道，「文明不需要我的辯護。你可以不喜歡它……人各有所好。再說，我們也離題太遠了。請允許我提醒你有這樣一句古話，『朱庇特，你發怒了；所以你錯了。』我想說的是，所有對體系、對一般定理的攻擊之所以尤其令人擔憂，是因為人們在否定體系的同時也否定了一般智識，否定了科學和對科學的信念，因而也就否定了對自我和對自我力量的信念。然則這種信念於人至關重要，人們是不能單憑感覺生活的。懼怕思想，不信任思想，這樣就錯了。懷疑主義素來是以無用與無能為特徵的。」

---

23 原文為法文，“C'est un homme comme il faut”。

「這都是空話！」比加索夫嘟囔著。

「或許是。但是容我向你指出，當我們在說『這都是空話』時，往往是想避免說出比空話更實際的東西。」

「什麼？」比加索夫眨了眨眼問道。

「你明白我的意思，」羅亭反唇相譏道，帶著不由自主但立刻又加以克制的不耐煩。「我再說一次，如果一個人沒有堅信的原則，沒有堅定的立場，他如何能對國家的需要、趨勢以及前途做出正確的判斷呢？他又如何能知道他應該做些什麼，如果……」

「恕不奉陪了。」比加索夫突然生硬地說道，鞠了一躬便走到一旁去，對誰也不看一眼。

羅亭盯著他，微微一笑，什麼也沒再說。

「啊哈！他逃走了！」達爾雅．米哈伊羅夫娜說。「請別介意，德米特里……請原諒，」她親切地微笑著，又問，「請問你的父名是？」

「尼古拉耶伊奇。」

「不必介意，親愛的德米特里．尼古拉耶伊奇，他瞞不過我們的，他只是裝出不願繼續爭辯的樣子，其實他已感覺到不能再和你爭辯下去了。你最好坐得離我們近些，我們可以好好聊聊。」

羅亭把椅子挪近了些。

「我們怎麼遲至今日才相識啊？」達爾雅．米哈伊羅夫娜感慨著，「這真令我不解。你讀過這本書嗎？托克維爾[24]寫的，你知道嗎[25]？」

達爾雅．米哈伊羅夫娜將那本法文小冊子遞給羅亭。

羅亭接過薄薄的小冊子，翻了幾頁，又放回桌上，回答說托克維爾先生的這部作品他還沒看過，但對於書中所提及的問題他自己也經常思考。話題就這樣被開啟了。起初，羅亭似乎躊躇不定，不敢暢所欲言，找不到合適的字眼，但是最後終於談興勃發，滔滔不絕地講了起來。一刻鐘之後，客廳裡就只聽得到他一個人的聲音，大家都圍坐在他身邊。

唯獨比加索夫遠遠地靠在壁爐的角落。羅亭的談話充滿了智慧和激情，而且條理清晰，表明他學識淵博，飽覽群書。誰也沒料到他竟會是這麼一位出類拔萃的人物。他的衣著如此破舊，而且籍籍無名。大家都感到奇怪甚至費解，這樣一位聰明人怎麼

24 亞歷克西．德．托克維爾（Alexis-Charles-Henri Clérel, comte de Tocqueville，1805-1859），法國思想家、曆史學家、政治家及外交家。

25 原文為法文，"C'est de Tocqueville, vous savez"。

會突然出現在這鄉間。所有人都對他愈來愈驚歎，甚至被他迷住了，包括達爾雅·米哈伊羅夫娜在內。她很滿意自己的新發現，已經開始盤算要如何將羅亭介紹給上流社會。儘管已是這般年紀，她對人第一印象的接受卻還近乎幼稚。亞歷珊卓·巴甫洛夫娜，老實說，對於羅亭的那席話聽懂得很少，但也感到驚異與歡喜；她弟弟也十分欽佩他。潘達列夫斯基注視著達爾雅·米哈伊羅夫娜，滿懷嫉妒。比加索夫則在想，「假如我有五百盧布，就可以買一隻比他唱得更好聽的夜鶯！」但這群人中最感震驚的還是巴西斯托夫和娜塔莉雅。巴西斯托夫幾乎連呼吸都屏住了，他坐在那裡，從頭到尾都張著嘴巴，瞪大眼睛聆聽著，彷彿有生之年從未聽人講過話似的；而娜塔莉雅的臉則泛著紅暈，她目不轉睛地凝視著羅亭，眼神既迷糊又明亮。

「他的眼睛多麼有光采！」沃倫塞夫在她耳邊悄悄地說。

「是的，很有光采。」

「只可惜那雙手太大，太紅。」

娜塔莉雅沒有搭腔。

茶送上來了，談話也變得隨意起來，但是只要羅亭一開口，大家便立刻停止說話，足以證明他給人印象之深。達爾雅·米哈伊羅夫娜突然想逗弄一下比加索夫，便走到他面前，低聲對他說：「你為何悶聲不響只是冷笑？來，你再試著和他較量一番。」不等他回答，便示意羅亭過去。

「他還有一件事你不了解，」她對羅亭說，手指向比加索夫，「他極端仇視女性，無休止地攻擊；請你指引他以正道。」

羅亭俯視著比加索夫，他無心於此，只因他身高超過比加索夫兩個頭。比加索夫幾乎氣到七竅生煙，臉色青白。

「達爾雅．米哈伊羅夫娜弄錯了，」他用顫抖的聲音說，「我不單攻擊女人；我對人類都沒什麼好感。」

「你何以對人類如此反感呢？」羅亭問道。

比加索夫直視著他。

「研究自己內心的結果，無疑如此，我發現自己的心一天比一天更為可鄙。我以己度人，也許這樣有失公允，我要比別人壞得多，可我能怎麼辦？積重難返啊。」

「我理解你，而且同情你，」羅亭回答，「凡是高潔的靈魂，哪個不曾有過自我貶抑的衝動？但是不能停滯在這種毫無出路的境況中。」

「承蒙你給我的靈魂以高潔的認證，」比加索夫反駁說，「至於我的境況，並不算太壞，因此即使有什麼出路，也隨它去吧，我不會去尋求的！」

「但這就意味著，還恕我冒昧，你寧可在自尊心裡得到滿足，也不去希求真理，或生活於真理之中。」

「毋庸置疑，」比加索夫高聲說道，「自尊，這我懂，我想你大概也懂，人人都懂；可真理，真理是什麼？而這個真理，它又在哪裡？」

「你又在老調重彈了，我得提醒你。」達爾雅．米哈伊羅夫娜說。

比加索夫聳了聳肩。

「就算是老調重彈又有什麼關係？請問，真理在哪裡？連那些哲學家也不知道究竟什麼是真理。康德說這就是真理；但黑格爾說，不，你錯了，那才是真理。」

「你知道，關於真理，黑格爾是怎麼說的嗎？」羅亭問道，依然心平氣和。

「我再說一遍，」比加索夫盛怒難耐地說，「我無法理解真理的意義是什麼。依我看，這世上根本不存在什麼真理，也就是說，真理徒有其名而並無其實。」

「呸，呸！」達爾雅．米哈伊羅夫娜喊道，「我納悶你怎能說這話竟不以為恥，你這個老壞蛋！沒有真理？果真如此，活在世上又有什麼意義呢？」

「好吧，我心裡琢磨的是，達爾雅．米哈伊羅夫娜，」比加索夫憤然反駁道，「無論如何，對你而言，沒有真理的生活總要比沒有你那位煮得一手好湯的廚子斯芬好過得多！而且你要真理做什麼用，還請告訴我，你又不能用它去裝飾帽緣！」

「開玩笑算不上辯論，」達爾雅．米哈伊羅夫娜說，「尤其是在玩笑淪為誹謗的時候。」

「我不知道真理是什麼，但我看得出真言逆耳。」比加索夫悻悻地嘟囔著，怒氣沖沖地轉身走到一邊去了。

而羅亭便開始談起了自尊心，他講得鞭辟入裡。他指出沒有自尊心的人是毫無價值的，自尊心是可以撬起地球的槓桿，然而唯有那些如善於駕馭座騎的騎師那樣善於駕馭自尊心的人，那些為大眾利益犧牲自己的人，才配得上稱之為人。

「利己主義，」他結束道，「就等於自殺。自私的人就像一棵孤零零、不結果實的樹，終會日漸枯萎；然而自尊，作為追求完美的抱負與強大動力，是所有偉大事業的源泉……是的！人必須剔除自己人格上根深柢固的利己主義而使之有自我表達的權利。」

「能不能借我一枝鉛筆？」比加索夫問巴西斯托夫。

巴西斯托夫一時不懂比加索夫的用意。

「你要鉛筆做什麼？」他終於問道。

「我要把羅亭先生最後那句話記下來，不然會忘掉。你得承認，這樣的句子就像是打牌時手裡緊握了一副王牌。」

「有些東西，拿來取笑和嘲弄是可恥的，阿夫里康・謝苗尼奇！」巴西斯托夫激動地說，隨即轉身背向比加索夫。

這時，羅亭走到娜塔莉雅面前，她站起身，露出困惑的表情。坐在她身旁的沃倫塞夫也站了起來。

「我看到這裡有架鋼琴，」羅亭說道，彷彿一位出巡的王子般溫和有禮，「是你在彈嗎？」

「是的，是我在彈。」娜塔莉雅說，「不過彈得不太好。這位康斯坦丁．迪奧米弟奇彈得比我好多了。」

潘達列夫斯基迎上前來，咧開嘴假笑著，「你不應這樣說，娜塔莉雅．阿列克謝耶夫娜，你彈得一點也不比我差。」

「你知道舒伯特的《魔王》嗎？」羅亭問。

「他知道，他知道！」達爾雅．米哈伊羅夫娜插口道，「坐下來，康斯坦丁。你喜愛音樂嗎，德米特里．尼古拉耶伊奇？」

羅亭只是略微點頭，用手撩了撩頭髮，好像已準備好欣賞。於是，潘達列夫斯基彈奏了起來。

娜塔莉雅站在鋼琴旁，面對羅亭。琴聲才起，他的臉上便立即閃現出光采，那雙湛藍色的眼睛徐徐轉動，不時地停留在娜塔莉雅身上。潘達列夫斯基演奏完畢。

羅亭一言不發，逕直走到敞開的窗前。沁著芳香的迷霧猶如輕紗般籠罩著花園，近旁的樹叢送來一陣陣醉人氣息，星星在空中眨著微光。夏日的夜晚溫柔宜人，一切都變得柔和起來。羅亭凝望著夜幕之下的闃黑花園，半晌才轉過身來。

「這音樂，這夜晚，」他說道，「令我憶起了在德國的留學歲月；我們的聚會，我們的小夜曲。」

「這麼說你曾在德國待過？」達爾雅・米哈伊羅夫娜問。

「我在海德堡住過一年，在柏林也住過將近一年。」

「你也穿學生制服嗎？聽說他們的衣著與眾不同。」

「我在海德堡穿鑲馬刺的長靴，綴邊飾的輕騎兵短上衣，頭髮留到及肩。在柏林，學生的裝束和普通人一樣。」

「請告訴我們一些你的學生生活吧。」達爾雅・米哈伊羅夫娜說。

羅亭照談了，可他不太擅於講故事，講述起來平淡無奇，不知如何引人發笑。不過，他很快把話題從自己的國外經歷轉移到一般性論題，從總體上談教育和科學的特殊價值，談大學以及一般的大學生活。他用豪邁而鮮明的線條勾勒出一幅壯闊繁複的巨畫，在場所有人都全神貫注地聽著。他妙語如珠，扣人心弦，只是不完全明晰，然而正是這種模糊使他的言語增添了一種特殊的魅力。

羅亭的思想過於豐富，妨礙了他明確而精準地表述自己。意象層出疊現，比喻接二連三，時而大膽得令人瞠目結舌，時而貼切到令人拍手叫絕。他靈感泉湧、亟不可待、興之所至之抒發絕不是訓練有素的演說家那種自鳴得意的矯揉造作，他並沒有搜腸刮肚地尋找詞彙，它們會自發順從地流到他的唇間，每個字似乎都是從他的靈魂深處迸湧而出，燃燒著信念的火焰。羅亭掌握著一種幾乎是最高的奧祕——辯才的音樂，他知道如何只撥動一根心弦便使其餘所有心弦都隨之震顫迴響。也許很多聽眾並不確切了解他言中之意，但是他們心馳神往，彷彿眼前的面紗被揭起，有一大片絢爛的前景在遠方熠熠生輝。

羅亭的所有思想都聚焦在未來，這就賦予了他某種一往無前的衝勁與朝氣……他站在窗前，沒特別望著任何人，只顧自己講著。由於受到普遍的同情與關注，由於年輕女性在場，由於置身於美好的夜色當中，他靈感迸發，激情澎湃，達到了雄辯的高峰，詩意的極處。他的聲音熱切而柔和，更平添了幾分魅力，彷彿是某種更高的力量正藉助他的嘴說話，連他自己亦覺驚奇……羅亭談及了稍縱即逝的短暫人生永久意義究竟何在。

「我記得一個斯堪地納維亞的傳說，」他這樣結束道，「那是一個冬天的夜晚，皇帝和他的武士們正圍火坐在一個黑暗狹長的房間裡，突然有隻小鳥從敞開的門飛進來，又從另一扇門飛出去。皇帝說這隻鳥好似人生在世，從黑暗中飛來，又向黑暗中飛去，在溫暖與光明之中逗留的時間極為短暫……『陛下，』年紀最大的武士回答說，『小鳥即使在黑暗中也不會迷失方向，牠總能找到歸巢。』我們的生命確實短暫而微不足道，但一切的偉大事業都是由人來實現的，人對於這種成為更崇高力量工具的自覺性應該凌駕於一切樂趣之上；這樣他便能在死亡中發現生命，找到歸宿。」

羅亭不說了，下意識地靦腆一笑，垂下視線。

「你是一位詩人[26]。」達爾雅．米哈伊羅夫娜輕聲說。

所有人都在心裡暗暗贊同——除了比加索夫。他不等羅亭結束自己的長篇議論，便一聲不響地拿起帽子往外走。他對站在門邊的潘達列夫斯基惡狠狠地耳語了一句：

「哼！我寧願和傻瓜待在一起。」

不過，沒有人想挽留他，甚至沒人發覺他已離開。

僕人們端上夜宵，半小時之後，大家都散了，各自歸家。達爾雅．米哈伊羅夫娜懇求羅亭留下過夜。亞歷珊卓．巴甫洛夫娜在和弟弟回家的馬車上數次驚歎羅亭非比

26 原文為法文，“Vous êtes un poète”。

尋常的智慧。沃倫塞夫也同意她的看法，不過他認為羅亭的表達有時未免晦澀——就是說，不太容易理解——他補充了這句，無疑是想把自己的意思解釋清楚。可他也臉色凝重，凝視著車廂角落的目光似乎更加憂鬱了。

潘達列夫斯基解下華麗的繡花揹帶準備就寢時，突然大聲說道：「好個聰明人！」接著狠狠地瞪了童僕一眼，喝令對方出去。巴西斯托夫徹夜未眠，連衣服也沒脫——他寫信給一位莫斯科的朋友，一直寫到天亮；而娜塔莉雅，儘管脫了衣服躺在床上，卻一刻也睡不著，連眼睛都沒闔過。她把頭枕在手臂上，目不轉睛地凝望進黑暗。她的脈搏在狂跳，胸脯隨著聲聲長嘆時起時伏。

4

翌日早晨，羅亭剛更衣完畢，達爾雅．米哈伊羅夫娜就派人請他到書房共進早茶。羅亭走進書房時只見到她一人。她熱情地向他問候，問他夜裡睡得可好，親手為他斟茶，又問茶裡的糖是否足夠，還遞給他一根香菸，重複了兩次表示與他相識恨晚。羅亭本想坐得稍遠些，可是達爾雅．米哈伊羅夫娜請他坐在她身旁的一張安樂椅上。她微微傾身靠近，問起他的家世、計畫和志向。達爾雅．米哈伊羅夫娜漫不經心地問，心不在焉地聽，羅亭心裡卻清楚，她這是讓他歡喜，甚至是討好於他。她安排這次早晨的會面，打扮得像雷卡米耶夫人[27]那樣樸素而優雅，看來不是沒有緣由的。達爾雅．米哈伊羅夫娜很快便不再問長問短，開始向他講述自己的事，講她的青春歲月，講她認識的各類人物。羅亭饒有興味地聽著她的長篇大論，然而——說來奇怪——不論達爾雅．米哈伊羅夫娜談到什麼人，總是獨她占據著前景，而她談及的那人則似乎漸漸消融，面目模糊及至悄悄溜進背景隱沒不見了。不過，羅亭得以詳細了解到達爾雅．米哈伊羅夫娜對某達官顯貴說過什麼話，又對某著名詩人有過什麼影響。依達爾雅．米哈伊羅夫娜所言，可以推斷出最近二十五年來所有名士都夢寐以求一親她的芳澤，想博得她的青睞。她談起他們時並無特別的熱情與讚揚，好像他們都是她的日常老友，有幾位還被她稱作怪物。他們的名字在她口中好像是一塊無價寶石的華麗底座，環列成一圈絢麗璀璨的光環，圍繞著一個最重要的名字——達爾雅．米哈伊羅夫娜。

27 讓娜．弗朗索瓦絲．朱莉．阿德萊德．雷卡米耶（Jeanne-Françoise Julie Adélaïde Récamier, 1777-1849），法國社交名媛，著名的沙龍主辦人。

羅亭靜靜地聽著，抽著菸，幾乎沒開口講話，只偶爾插入一兩句簡短的意見。他能言善辯也喜歡演講；但並不擅長與人交談，不過他算是一位很好的傾聽者，任何人——只要起初沒有被他威懾到——都會對他信賴地敞開心扉，他亦會饒有興趣、富有同情心地跟隨著對方的談話。他有很多好性情——那種習慣認為自己高人一等的人固有的特殊好性情。但是在辯論中，他很少容許對手把話說完，往往以自己熱烈、充滿激情的雄辯疾風驟雨般地壓倒對方。

達爾雅．米哈伊羅夫娜說的是俄語，她頗為自己精通母語而感到驕傲，雖則法語詞彙也常常脫口而出。她有意夾雜一些平民使用的通俗用語，但都不是很貼切。羅亭對達爾雅．米哈伊羅夫怪異的混雜語言並無不悅，事實上幾乎聽不出來。

達爾雅．米哈伊羅夫終於說累了，把頭倚在安樂椅的頭枕上，眼睛盯著羅亭，不再作聲。

「我現在明白了，」羅亭慢條斯理地說，「我明白為何你每年夏天都要到鄉間來，這樣的休息對你來說是必不可缺的；鄉間的寧靜可以使過慣都市生活的你恢復精神，增進健康。我相信你對大自然之美一定有真切的感受力。」

達爾雅．米哈伊羅夫瞟了羅亭一眼。

「大自然……是啊……是啊……當然……我熱愛它；不過你也知道，德米特里．

尼古拉耶伊奇，即使在鄉間也不能不與人交往，而這裡幾乎一個像樣的也沒有，比加索夫就算是最有才智的人了。」

「就是昨晚那位氣咻咻的老先生嗎？」羅亭問。

「是的……在鄉下，這樣的人也有些用途，有時會把大家逗笑。」

「他一點也不笨，」羅亭說，「不過他走上歪路了。不知你是否同意我的看法，達爾雅．米哈伊羅夫娜，但在否定中，在全盤而徹底的否定中，是沒有任何出路的。否定一切，便很容易被視為有才能的人，這是人盡皆知的把戲。心地單純的人還會很快得出結論，認為你比你所否定的人要高明。然而這往往是錯誤的。首先，你大可以挑剔任何事物；其次，即使你說得有道理，對你卻更為不利：你的才智被簡單的否定引導，就會漸漸變得貧乏而枯萎，你在滿足自己虛榮心的同時，也被剝奪了思考帶來的真正慰藉；而生活，生活的本質，就會從你狹隘而偏激的批判中溜走，你最終成為一個只會惡語中傷的荒唐可笑之人。唯有充滿愛的人才有權責難與挑剔。」

「這樣，比加索夫先生就算完了[28]，」達爾雅．米哈伊羅夫娜說，「你真是一位品評人物的天才！比加索夫當然無法了解你，他誰也不愛，除了他自己。」

28　原文為法文，“Voilà, Monsieur Pigasov enterré”。

「他之所以指責自己是為了有權去指責他人。」羅亭添了一句。

達爾雅·米哈伊羅夫娜笑了。

「『他把好人』，就像老話所說的，『錯把好人當病人。』順便問一句，你認為男爵怎麼樣？」

「男爵？他是個頂好的人，心地良善，博學多才……但沒有個性……終其一生也只能是半個學者，半個上流社會的人，換句話說，是一個外行愛好者，說得再明白些……一無所長……真可惜！」

「我也這麼想，」達爾雅·米哈伊羅夫娜說，「我讀了他的文章……我們私下說……文章並無實質性的內容[29]。」

「此地還有其他人嗎？」羅亭沉默了片刻，問道。

達爾雅·米哈伊羅夫娜用小指撣去菸灰。

「哦，幾乎沒有了。麗比娜，就是你昨晚見到的亞歷珊卓·巴甫洛夫娜，她很可愛，不過僅此而已。她弟弟也是個好人，一個完美、老實的人[30]。還有你認識的加林親王。就這幾位。再有就是兩三個鄰居，但他們真是一無是處，要麼裝腔作勢，要麼性格孤僻，要麼舉止放肆失禮。至於女士們，你知道，基本上我沒什麼來往。還有一位鄰居，據說很有學問，甚至稱得上學富五車，但是個極其古怪的傢伙，荒誕不經的人物。亞歷珊卓認識他，我想她對他頗為關心……好了，德米特里．尼古拉耶伊維奇，你應該和亞歷珊卓聊聊，她是個可愛的女人，只是需要培養一下。」

「我很喜歡她。」羅亭說。

「她完全像個孩子，德米特里．尼古拉耶伊維奇，十足的小孩。她結過婚，但無關緊要[31]……假如我是個男人，我會愛上她那樣的女人。」

「真的嗎？」

「當然。這類女人至少純真，而純真是裝不出來的。」

「別的可以假裝嗎？」羅亭問道，笑了起來——這於他而言十分罕見。他笑的時候，臉上會出現奇怪的表情，幾乎是副老人相，眼睛瞇成一條線，鼻子皺起來。

「那位你說的脾氣古怪而麗比娜太太又頗為關心的人是誰？」他問。

「列日涅夫先生，米哈伊羅．米哈伊里奇，他是本地的一個地主。」

羅亭似乎很驚訝，他抬起頭來。

---

29 原文為法文，“Entre nous … cela a assez peu de fond”。

30 原文為法文，“un parfait honnête homme”。

31 原文為法文，“mais c'est tout comme”。

「列日涅夫，米哈伊羅．米哈伊里奇？」他問，「他是你的鄰居？」

「是的，你認識他？」

羅亭沉默了好一陣。

「我認識他……那是很早以前的事情了。他是個有錢人吧？」他補充道，拉扯著椅子的邊飾。

「是的，他很有錢，不過穿搭非常差勁，像個管家似的駕著一輛四輪輕便馬車到處跑。我一直想請他來這裡，據說他很聰明，我找他有事商量……你知道我是親自管理田產的。」

羅亭點點頭。

「是的，我親自管理，」達爾雅．米哈伊羅夫娜繼續說道，「我沒採用國外那些新花樣，堅持用自己的方式，俄式管理，你看，狀況也不壞。」她補充著，雙手攤開。

「我始終以為，」羅亭彬彬有禮地說，「那些拒絕承認女士實際生活智慧的人是絕對錯誤的。」

達爾雅．米哈伊羅夫娜愉悅地笑了。

「你對我們女人很好，」她說，「但我剛才要說什麼來著？我們在談論什麼？哦，對了，列日涅夫，我和他有些界址的事情需要釐清。我三番兩次地邀請他，包括今天也在等他來，不過天知道他會不會來……他就是這麼個怪人。」

門簾輕輕拉開，管家走了進來，他高個子、頭髮花白、禿頂，穿著黑禮服、白領帶和白背心。

「什麼事？」達爾雅·米哈伊羅夫娜問，然後微微轉向羅亭，低聲說：「他很像坎寧[32]，對吧[33]？」

「米哈伊羅·米哈伊里奇·列日涅夫先生來了。」管家稟報，「您要見他嗎？」

「啊，我的天哪！」達爾雅·米哈伊羅夫娜驚叫道，「剛說到他，他就來了……請他進來。」

管家離開了。

「他真是個怪人。這會兒他來了，可來得不是時候，打斷了我們的談話。」

羅亭從椅子上站起來也要離開，達爾雅·米哈伊羅夫娜阻止了他。

「你要去哪裡？我們可以在你面前談，我希望你也像剖析比加索夫那樣剖析一下他。你的話入木三分。請留下來吧。」羅亭本想拒絕，但轉念一想，還是重新坐下

32 喬治·坎寧（George Canning, 1770-1827），英國著名政治家。

33 原文為法文，“n’est ce pas, comme il ressemble à Canning”。

了。

各位讀者已經認識的米哈伊羅．米哈伊里奇，走進書房。他還是穿著那件灰色大衣，曬黑的手裡拿著之前那頂破舊寬緣帽。他從容地向達爾雅．米哈伊羅夫娜一鞠躬，然後走到茶桌前。

「你終於大駕光臨了，列日涅夫先生！」達爾雅．米哈伊羅夫娜說，「請坐。聽說你們認識。」她說著指了指羅亭。

列日涅夫望向羅亭，露出一絲奇怪的笑容。

「我認識羅亭先生。」他微微一鞠躬。

「我們是大學同學。」羅亭低聲說，垂下眼睛。

「之後也曾見過面。」列日涅夫冷冷地說。

達爾雅．米哈伊羅夫娜困惑不解地看著兩人，然後請列日涅夫坐下。他坐了下來。

「你找我，」他說，「是為了劃分界址的事情？」

「是的，是界址的事。不過我早就想見見你。我們是近鄰，你知道，遠親不如近鄰。」

「非常感謝，」列日涅夫回答，「至於界址，我已經和府上的管理人談妥了，他的所有提議我都同意。」
「我知道，但他說，沒和你親口談過之前你是不簽約的。」
「是的，這是我的規矩。請容許我順便問一句，你的農奴都是繳代役租[34]的嗎？」
「正是。」
「那你還自己勞心管理界址的事情！這可真值得欽佩。」
列日涅夫沉默了片刻。
「好吧，我就是來和你協議的。」他終於說了一句。
達爾雅．米哈伊羅夫娜笑了。
「我看到你來了。不過聽你的語氣……一定很不情願來我這裡吧？」
「我什麼地方也不願去。」列日涅夫冷淡地回答。
「什麼地方都不願去？可你會去找亞歷珊卓．巴甫洛夫娜。」
「我跟她弟弟是老朋友。」
「她弟弟的朋友！好吧，我從不勉強任何人……但是請原諒，米哈伊羅．米哈伊

34 代役租為俄國農奴制的一種形式，代役租農民為地主繳納貨幣租。

里奇，論年齡，我年長過你，也可以直言你幾句：這種離群索居的生活對你而言究竟有何魅力？還是我的房子特別令你不滿意？你很討厭我嗎？」

「我不了解你，達爾雅．米哈伊羅夫娜，所以也無從討厭你。你的房子很華美，但我得坦言不喜歡禮節的拘束。我沒有體面的禮服，也沒有手套，我不屬於你們的圈子。」

「論出身、論教養，你都屬於的，米哈伊羅．米哈伊里奇！你和我們是一起的[35]。」

「不要提出身和教養，達爾雅．米哈伊羅夫娜，問題不在於此。」

「人應當有社交生活，米哈伊羅．米哈伊里奇！像第歐根尼那樣坐在木桶裡有什麼樂趣呢？」

「第一，他坐在裡面很舒服；其次，你怎麼知道我沒有經常來往的朋友？」

達爾雅．米哈伊羅夫娜咬了咬嘴唇。

「那是另一回事！我對自己竟沒有榮幸成為你的朋友之一而感到遺憾。」

「列日涅夫先生，」羅亭插嘴道，「你似乎誇大了那種值得讚揚的感情……對自由的熱愛。」

列日涅夫沒有回答，只望了羅亭一眼。接下來是一陣沉默。

「就這樣吧，」列日涅夫起身道，「我認為我們的事情已經了結，請告訴你的管理人把契約送去我那裡。」

「好的……縱使應該承認你很失禮，我真該拒絕才是。」

「不過你知道這次重勘地界，你得到的好處可是遠多過我的。」

達爾雅．米哈伊羅夫娜聳聳肩。

「你不想在我這裡吃過早午餐再離開嗎？」她問。

「謝謝，我一向不吃早餐。再說我趕著回家。」

達爾雅．米哈伊羅夫娜站起身。

「不留了，」她說著，走向窗口，「我不敢挽留你。」

列日涅夫準備告辭。

「再會，列日涅夫先生！請原諒我麻煩你了。」

「哦，不必客氣！」列日涅夫說，然後離開了。

「好吧，你怎麼說？」達爾雅．米哈伊羅夫娜問羅亭，「我早就聽聞他異於常人，可這樣也未免太過分了些！」

35 原文為法文，“vous êtes des notres”。

「他犯了和比加索夫同樣的毛病，」羅亭說，「想要獨樹一幟。一個想扮成梅菲斯托費列斯[36]，另一個則想扮成犬儒主義者。凡這一切都涉及了太多的利己主義，太多的虛榮自負，缺少真實，缺少愛，甚至還有種處心積慮：一個人帶上了漠不關心和慵懶散漫的面具，人們便一定會這樣想，『看那人，大好的才能都被埋沒了。』可你只消仔細觀察，就會發現其實什麼才能都沒有。」

「第二次了[37]！」達爾雅．米哈伊羅夫娜說，「你對人的分析可謂鞭辟入裡，在你面前什麼也掩飾不了。」

「你這麼認為嗎？」羅亭停頓了一下，又繼續說，「可是，我實在不應談論列日涅夫；我曾經愛他，朋友般地愛他……可後來，三番五次的誤會……」

「你們吵架了？」

「沒有，但是我們分開了，似乎是永遠地，分開了。」

「啊，我也察覺他來訪的那段時間你一直不太自在……非常感激你今晨的陪伴，我過得非常愉快。不過我們的談話也該結束了，午餐前你可以自便，我也要去處理一下自己的事務。我的祕書，你剛見過他了，康斯坦丁，他就是我的祕書[38]，一定已經在等我了。我向你介紹一下，他是個優秀周到的青年，對你也十分熱心。再見[39]，親愛的德米特里．尼古拉耶伊奇！我是多麼感激男爵把你介紹給我啊！」

達爾雅・米哈伊羅夫娜把手遞給羅亭。他先緊握一下，然後舉到唇邊，之後便走進客廳，從客廳走到露台。在露台上，他遇見了娜塔莉雅。

5

達爾雅・米哈伊羅夫娜的女兒娜塔莉雅・阿列克謝耶夫娜乍看之下並不吸引人。她尚未完全發育，身形瘦弱，膚色偏黑，腰背微駝，但她的面容秀麗端正，雖則對於一名十七歲的少女而言顯得略大了些，格外美麗的是她那看似中分為二的修長黛眉上，配著一副光潔平整的額頭。她寡言，只是目不轉睛地凝神聆聽，好像在探究著得出自己的結論。她雙手低垂，原地不動地陷入沉思，此時，所有思緒便會呈現在臉

36 歌德名劇《浮士德》中的魔鬼。
37 原文為法文，"Et de deux"。
38 原文為法文，"Constantin, c'est lui qui est mon secrétaire"。
39 原文為法文，"Au revoir, cher Dmitri Nikolaitch"。

上……唇邊突然浮上一抹難以覺察的微笑，旋即又消逝，接著她就會緩緩抬起那對烏黑大眼睛。「你怎麼了[40]？」邦庫爾女士會這樣問她，且責怪她說這樣沉思默想、看似魂不守舍，有失小姐身分。但是娜塔莉雅並非魂不守舍，恰恰相反，她勤勉好學，求知若渴。她的情感強烈而深刻，只是極為內斂，即使在童年時期也鮮少哭泣，如今更是連嘆息聲也難得聽到了，每逢憂慮之事，她也僅是臉色變得蒼白些而已。她母親認為她是懂事有禮的女孩，戲稱她為「我誠實的女兒[41]」，但對她的智力評價並不高。「我的娜塔莉雅幸而是冷靜的，」她時常說，「不像我……這樣倒好些。她會幸福的。」達爾雅．米哈伊羅夫娜想錯了。不過，真正了解女兒的母親本來就寥寥無幾。

娜塔莉雅儘管愛著達爾雅．米哈伊羅夫娜，但並不完全信任她。

「你沒必要對我有所隱瞞，」有次達爾雅．米哈伊羅夫娜對她說，「不然你會把什麼都藏在心裡，你是個相當內向的孩子。」

娜塔莉雅望著母親的臉，暗忖道：「為什麼不能把事情藏在心裡？」

羅亭在露台上遇見她時，她正要和邦庫爾女士回房間戴帽子，好出去花園散步。她的早課已經完畢。娜塔莉雅早已不再被當作小女孩對待了，邦庫爾女士老早就不教她神話和地理了，但娜塔莉雅每天早晨還得閱讀歷史書籍、遊記以及別種有益的著作。書籍由達爾雅．米哈伊羅夫娜親自挑選，看似自成一體，事實上，她不過是把法國書商從彼得堡轉寄來的書籍全數拿給娜塔莉雅罷了，當然除了小仲馬公司出版的小說，這些小說她都留著自己看。娜塔莉雅閱讀歷史書籍時，邦庫爾女士總會戴上眼鏡，極其嚴肅、特別不滿地盯住她，依這位法蘭西老小姐的見解，整部歷史都充滿了不可容忍的東西，雖則她不知何故只知道一位古代偉人坎比賽斯，而近代的偉人則僅知道路易十四和她深惡痛絕的拿破崙。其實，娜塔莉雅還閱讀邦庫爾女士不知道的其他書籍，她對普希金的所有詩句都瞭若指掌。

碰見羅亭，娜塔莉雅的臉微微一紅。

「你們去散步嗎？」他問她。

「是的，我們正要去花園。」

「我可以陪伴嗎？」

娜塔莉雅望向邦庫爾女士。

---

40 原文為法文，“Qu'avez-vous”。

41 原文為法文，“mon honnête homme de fille”。

「當然，先生，很樂意[42]。」老小姐趕忙說。

羅亭拿了帽子，隨她們一同走去。

與羅亭並肩走在狹徑上，娜塔莉雅起初感到有些侷促，稍頃便自在了些。他問起她的日常生活，問她是否喜歡鄉間。她回答時略帶羞澀，但不是慣常被視為羞怯的那種慌張與靦腆。她的心怦怦直跳。

「你在鄉間不覺得無趣嗎？」羅亭問道，斜睨了她一眼。

「怎會無趣？我很高興我們能在此地，我在這裡非常幸福。」

「你覺得幸福，這是個極大的字眼。不過也可以理解，你還年輕。」

羅亭說最後一句話時的聲音頗為異樣；不知他是羨慕娜塔莉雅抑或為她惋惜。

「是的！青春！」他繼續說，「科學的全部目的就是有意識地求得被無償賜予青春的一切。」

娜塔莉雅神情專注地看著羅亭；她聽不懂他的話。

「今天我和你母親談了整個早晨。」沉默半晌後他又補充道：「她是位非比尋常的女性。我這才明白為何那些詩人全都珍視她的友誼。你喜歡詩嗎？」

「他這是在考我了，」娜塔莉雅暗忖，她大聲回答：「是的，我非常喜歡。」

「詩是神祇的語言。我自己也很喜歡詩。但是，詩不僅存在於詩句之中，詩無所不在，我們周遭都圍繞著詩。看這些樹，這片天空……到處都滿溢著美和生命的氣息，凡是有美和生命的地方，便有詩。」

「我們坐下吧，就坐在這張長凳上，」他接著說，「這裡……就是這樣。不知為何，我認為等你對我再熟悉些，」他微笑地看著她的臉，「我們會成為朋友，你和我。你認為呢？」

「他把我當作小女孩！」娜塔莉雅又在心中暗忖。她不知該說些什麼，便問他是否打算在鄉間久住。

「整個夏天和秋天，也許再加上冬天。你知道我只是一介寒士；我的事務混亂紛雜，況且，我現在也厭倦了四處漂泊的生活，該是休息的時候了。」

娜塔莉雅感到驚訝。

「你竟會認為是休息的時候了？」她怯生生地問道。

羅亭把臉轉向娜塔莉雅。

「你這話是什麼意思？」

42　原文為法文，“Mais certainement, monsieur; avec plaisir”。

「我是想說，」她略微困窘地回答，「別人可以休息，但是你……你應該工作，盡力成為有用的人。除了你，還有誰……」

「我很感謝你的過譽，」羅亭打斷了她，「要做個有用的人……談何容易！（他用手抹抹臉。）做個有用的人！」他重複了一句，「就算我有堅定的信念，我怎樣才能做個有用的人？……就算我相信自己的力量，我又要到哪裡去找那些真實而富於同情的靈魂呢？」

羅亭不勝絕望地揮了揮手，沮喪地垂下頭。娜塔莉雅不由得自問，她昨晚所聽到的那些充滿希望熱情奔放的話，果真出自此人之口嗎？

「但是，並非如此，」他突然把獅鬃般的頭髮甩向腦後，又開口道，「那樣就太愚蠢了，你是對的，我要感謝你，娜塔莉雅，我要真誠地感謝你。」娜塔莉雅根本不理解他所謝為何。「你的一句話就令我想起我的責任，為我指明了道路……是的，我應該採取行動。假如我多少還有一點才能的話，我就不該埋沒它。我不應把精力虛耗在空談上……那些空虛而無益的空話。」於是他的話如急流般傾瀉而出，他講得娓娓動聽，激情昂揚，令人信服。他談到怯懦和懶惰的可恥，談到行動的必要性。他將自己痛責了一番，主張事先將要做之事加以議論是不智的，正像拿一根針去刺尚未成熟的水果，只會白費氣力與漿汁。他斷言，沒有一種高尚的理想是贏不到同情的，而那些始終不被了解的人們，是因為他們不知自己所求為何，或者根本不值得被理解。他詳盡地論述了一番，最後又向娜塔莉雅．阿列克謝耶夫娜再次表示感謝，並且出其不意地握住她的手感歎道：「你是個高貴、善良的人！」

這大膽的舉止嚇壞了邦庫爾女士，她雖然在俄國居住了四十年，聽俄語仍很費力，因此她對羅亭妙語連珠、侃侃而談的口才唯有驚歎。不過，在她眼中，他大概是演奏家或藝術家之類的人物，而這一類人，依她的觀念，是不可能以嚴格的禮節去苛求的。

她站起身，匆匆地整了整裙子，對娜塔莉雅宣布是該回去的時候了，特別是因為沃倫莎夫先生（她這樣稱呼沃倫塞夫）今天還要來共進午餐。

「瞧，他來了。」她望著通往屋子的一條林蔭路補了一句。沃倫塞夫果然出現在不遠處。

他略帶遲疑地走上前，遠遠地向他們打招呼，面帶痛苦地轉向娜塔莉雅說：

「哦，你們在散步？」

「是的，」娜塔莉雅回答，「我們正要回去呢。」

「啊！」沃倫塞夫回答。「好，我們一起走吧。」然後大家朝屋子走去。

「你姊姊可好？」羅亭問沃倫塞夫，口氣特別親切。昨天晚上，他對沃倫塞夫也是很和藹的。

「謝謝，她很好。她今天也許會來……我剛過來時你們正在談論什麼吧？」

「是的，我正在跟娜塔莉雅．阿列克謝耶夫娜交談，她說了一句讓我大為感動的話。」

沃倫塞夫沒追問那句話是什麼，在深深的緘默中，他們回到了達爾雅．米哈伊羅夫娜的屋裡。

午飯前，這群人又聚集在客廳。不過比加索夫沒有來。羅亭並無談興，只是要求潘達列夫斯基彈奏貝多芬的樂曲。沃倫塞夫默不作聲，眼睛望著地板。娜塔莉雅陪在母親身旁，時而陷入沉思，時而俯身刺繡。巴西斯托夫雙目不離羅亭，生怕錯過他的什麼真知灼見。三個鐘頭便相當沉悶地過去了。亞歷珊卓．巴甫洛夫娜沒來赴宴。而沃倫塞夫——大家剛從餐桌上站起身，他便立即吩咐套上馬車，沒和任何人告辭就悄悄離開了。

他的心情很沉重。他愛上娜塔莉雅已經很久，三番兩次想鼓起勇氣向她求婚……她對他也算有好感——只是芳心未許；這一點他看得很清楚。他並不期待能激起她更多的柔情，只是希望有朝一日相處時可以自在親暱。是什麼令他憂慮不安呢？這兩天他可留意到什麼變動？娜塔莉雅還是和從前一樣地待他……

他是否忽然感到自己或許根本不了解娜塔莉雅的性格——她之於他是遠超出他所想像的陌生；或者是嫉妒已開始在他心頭作祟；又或者他隱隱察覺到某種不祥的預感……總之，他深受折磨，雖然他試想用理智寬慰自己。

當他走進姊姊的房間時，列日涅夫正和她坐在一起。

「怎麼這麼早就回來了？」亞歷珊卓·巴甫洛夫娜問。

「哦，有些乏味了。」

「羅亭在嗎？」

「在。」

沃倫塞夫把帽子一拋，坐了下來。亞歷珊卓·巴甫洛夫娜急切地轉向他。

「快，謝爾蓋，幫我說服這個固執的人」，她指了指列日涅夫，「讓他相信羅亭是極其聰明且口才出眾的。」

沃倫塞夫嘟囔了一句。

「我一點也不想和你爭辯，」列日涅夫開腔道，「我毫不懷疑羅亭先生的聰明和口才；我只是不喜歡他。」

「可是你見過他嗎？」沃倫塞夫問。

「今天早晨在達爾雅·米哈伊羅夫娜那裡見過他。他現在可是她的心頭好。她遲早會讓他離開的——只有潘達列夫斯基才是她永遠離不開的人——不過眼下羅亭卻是至高無上的。我見到他了，這點確鑿無疑。他坐在那裡——她就把我展示給他看，好像在說『瞧，我的好朋友，我們這裡有個這樣的怪人！』我又不是參加競賽的馬，不慣於被人牽出來展示，所以我即刻離開了。」

「你怎會到她那裡去？」

「為劃分界址的事；不過這只是托詞，她不過是想瞧瞧我這副嘴臉罷了。她可是位貴婦——這就足夠解釋了！」

「他的優越感冒犯了你——原來是這麼回事！」亞歷珊卓·巴甫洛夫娜熱烈地說道，「這就是你不肯釋懷的。但我相信，在他的才智之外一定還有一顆極為高尚的心。你應當望望他的眼睛，當他……」

「奢談著崇高的純潔……」列日涅夫接腔道。

「你再惹惱我的話，我可要哭了。我真後悔沒到達爾雅·米哈伊羅夫娜那裡去，反而留下陪你。真不值得。別再逗弄我了吧。」她用懇求的語調說道，「你還是跟我談談羅亭的青年時代吧。」

「羅亭的青年時代？」

「是的，你不是跟我說過你很了解他，早就和他相識了嗎？」

列日涅夫站起身，在房間裡來回踱步。

「的確，」他開始說，「我很了解他。你要我跟你談談他的青年時代？好吧。他出生在T省……一個破敗的地主家庭，出生後不久父親就死了，撇下他和他母親。他母親是個善良的女人，視他如珠如寶，自己只靠吃燕麥粉過日子，把每一分錢都花在兒子身上。他到莫斯科求學，起初靠一位叔父資助，等他長大成人、羽翼豐滿後，就由他巴結上的……請原諒，我不再這麼說了……由他所交好的一位富有親王接濟。然後，他進入大學，我在那裡認識了他，並且成為親密的朋友。關於我們的那段生活，改天再和你談，現在我還無法說。之後，他就出國了……」

列日涅夫繼續在房間裡踱步，亞歷珊卓·巴甫洛夫娜的目光跟隨著他。

「在國外時，」他繼續說，「羅亭甚少給母親寫信，只回鄉探望過她一次，住了大約十天……老婦人臨終時他也不在身邊，由陌生人照料著，直到嚥氣前她的眼睛都一直盯著兒子的畫像。我住在T省期間曾去探望過她幾次。她是個和善好客的女人，總是拿出櫻桃醬招待我。她一心一意地愛著她的米嘉。佩喬林[43]式的人物告訴我們，

43 俄國詩人米哈伊爾·萊蒙托夫的小說《當代英雄》中的主人公。

人往往偏要去愛那些自身無法感受愛的人；可在我看來，所有母親都愛自己的孩子，尤其當孩子們遠遊在外時。後來我在國外遇到了羅亭，他那時正和一位女士相好，對方也是俄國人，一位女學究，年紀不輕，相貌也平平，倒也正符合了女學究應有的樣子。他跟她一起生活了相當長的時間，最終還是棄了她……啊，不，請原諒……她棄了他。就在那時，我也把他拋棄了。就這些。」

列日涅夫不再講話，手捋過額角，身子陷入椅子裡，一副疲憊不堪的樣子。

「你知道嗎，米哈伊羅．米哈伊里奇，」亞歷珊卓．巴甫洛夫娜說，「我看你是心懷惡意。真的，你也不比比加索夫好多少。我相信你剛剛所言都是事實，並無添枝加葉，不過你把這一切描繪得多麼不堪啊！那可憐的老母親，她的慈母之心，她孤獨的死亡，還有那位女士……又何必說這些呢？你知道，即使是對最優秀的人，也都可以添抹這樣的色彩……就算不加油添醋，也會讓任何聽到的人感到震驚的！這也是一種誹謗！」

列日涅夫再次站起身在房間裡走來走去。

「我根本不想讓你震驚，亞歷珊卓．巴甫洛夫娜，」他終於出聲說道，「我並非愛誹謗之人。不過，」他沉吟片刻後補充道，「你所言確實有些道理。我沒想誹謗羅亭，但是……誰知道呢！很可能他從那之後已經有所改變……也許我對他抱有成見。」

「你看吧，那麼請答應我，你會盡釋前嫌，徹底了解他，然後告訴我最後的結論。」

「遵令。不過，謝爾蓋．巴甫里奇，你怎麼如此默不作聲？」

沃倫塞夫聞言一怔，抬起頭來，彷彿剛從夢中驚醒似的。

「我有什麼好說的？我不了解他，再說，我今天有些頭痛。」

「的確，你今晚臉色很蒼白，」亞歷珊卓．巴甫洛夫娜說，「不舒服嗎？」

「我頭痛。」沃倫塞夫重複了一句便走了出去。

亞歷珊卓．巴甫洛夫娜和列日涅夫望著他的背影，交換了一個眼色，但誰也沒說話。沃倫塞夫的心事，無論對她或他都不是祕密。

6

兩個多月過去了，這期間羅亭幾乎沒離開過達爾雅．米哈伊羅夫娜的家。她沒有他便過不了日子。和他談論自己，傾聽他的雄辯已成為她的一種必需。有次羅亭推說錢用光了想要離開，她就給了他五百盧布。他還向沃倫塞夫借了兩百盧布。比加索夫登門拜訪達爾雅．米哈伊羅夫娜的次數比以前減少許多，羅亭的存在壓倒了他。其實，感到這種壓力的也不僅比加索夫一人。

「我不喜歡那個自命不凡的傢伙，」比加索夫時常說，「說話拿腔作勢，活像傳奇故事裡的英雄。每次他說到『我』，便會陶醉地停頓一下，『我怎麼樣……是的，我怎麼樣！』而且他的用語全部拖沓冗長。假如你打個噴嚏，他會當場向你精準論述為何是打噴嚏而不是咳嗽。假如他稱讚你，就好像在給你加官進爵。假如他自責起來，就會謙卑到塵埃裡去……好吧，讓別人還以為那之後他再也沒臉敢見天日了，可根本不是這回事！他反而更加振作了，好像灌了自己一杯烈酒一樣。」

潘達列夫斯基有點怕羅亭，謹小慎微地試圖討得他的歡心。沃倫塞夫和羅亭之間形成了一種微妙的關係，羅亭稱他為遊俠騎士，人前人後讚不絕口；可沃倫塞夫卻無法喜歡羅亭，每當羅亭在他面前大肆渲染他的長處時，他總感到一種不可抑制的不耐煩與惱怒。「莫非他在戲弄我？」他這樣想，於是心頭便湧上一腔敵意。他也想克制自己的情緒，但徒勞無功，因為娜塔莉雅的緣故，他對羅亭多有嫉恨。而羅亭自己呢，雖然他總是滿懷熱情地歡迎沃倫塞夫，稱對方為騎士，還向對方借錢，其實並不是真正親切。當他們像朋友般雙手互握，雙目對視時，兩人心中的情感是很難明辨的。

巴西斯托夫依然崇拜著羅亭，對他的一詞一句都不曾遺漏。羅亭卻很少關注他。有一次羅亭和他共度了一整個早晨，談論這世間最具意義的重大問題，喚起了他最渴慕得到的熱情，但之後羅亭再也沒多理會他。顯然，羅亭所謂之尋找純潔而熱忱的靈魂只不過是一句話罷了。至於列日涅夫，近來也頻頻拜訪，羅亭並不和他辯論，甚至好像在迴避他。列日涅夫對他也很冷淡，不過他尚未把關於羅亭的最終結論告訴亞歷珊卓．巴甫洛夫娜，這使她有些不安，她對羅亭著迷，也信任列日涅夫。達爾雅．米哈伊羅夫娜家中的每個人都迎合著羅亭的奇想，即使是極細微的喜好也會得到滿足。每天的日程安排取決於他，每場遊樂活動的安排都缺他不可。不過他並不喜歡一時興起的出遊或野宴，只是以成人參加孩子們的遊戲般仁慈又略帶疲憊的姿態遷就一下罷了。此外，他還參與其他事務。他與達爾雅．米哈伊羅夫娜討論田莊的管理、孩子們的教育、家務的處理，以及各種一般事項；他不厭其煩地聽取她的種種設想以及瑣碎無比的細節，甚至提出改進方案和建議。達爾雅．米哈伊羅夫娜對這些看法口頭上極為贊成——不過也僅止於此。在經營管理方面，她事實上聽從管家的意見，對方是一位上了年紀的獨眼小俄羅斯人，一個和善又狡猾的老傢伙。「舊的肥，新的瘦。」他時常這麼說，然後眨著獨眼暗自一笑。

次於達爾雅．米哈伊羅夫娜，羅亭和娜塔莉雅談得最多，時間也最久。他不時私下塞書給她，向她透露自己的計畫，把自己準備撰寫的文章或其他作品的開頭幾頁唸給她聽。娜塔莉雅往往不能完全理解其中含義，但羅亭似乎並不在意她是否領會，只要她聽便好。他和娜塔莉雅的親近，達爾雅．米哈伊羅夫娜並不歡喜。「不過，」她想，「在鄉間就暫且隨他們閒聊吧，現在她還是個小女孩，逗他開心也沒什麼大壞處，況且還可以長些見識。回到彼得堡後我立即就可以阻止她。」

達爾雅．米哈伊羅夫娜想錯了。娜塔莉雅並不是像小女孩那樣跟羅亭閒聊，她求知若渴地聽他講話，竭力揣摩話中要義；她把自己的想法、疑惑表達給他評判；他成為她的領袖、她的導師。到目前為止，掀起波瀾的還只是她的頭腦，但年輕人是不會長久地只是頭腦發熱。在花園的長椅上，在菩提葉的輕影下，羅亭為她朗讀歌德的《浮士德》、霍夫曼的小說，或貝蒂娜的書簡，及諾瓦利斯的詩歌，還屢屢停下為她解釋費解之處，娜塔莉雅是這般地度過了多麼甜美的時刻啊！像大部分的俄國貴族小姐一樣，她德語學得不好，但是聽得懂，而羅亭幾乎全身心地沉湎於德國的詩歌、德國的浪漫主義與哲學之中，他把她引領進這些被視為禁地的領域。無與倫比、璀璨壯麗的世界展現在她誠摯的目光前；神聖的憧憬、新奇啟發性的思想，如淙淙清泉自羅亭膝頭的書頁湧入她的靈魂；而在她那被崇高情感喚起的無上喜悅所感動的心中，漸漸地迸發出熱情的神聖火花，繼而燃成烈焰。

「告訴我，德米特里．尼古拉耶伊奇，」有一天她坐在靠窗的繡架旁問道，「冬天時，你會到彼得堡去嗎？」

「不知道，」羅亭回答，他把正翻閱的書放在膝蓋上，「如果我能籌到一筆錢，就會去。」

他有氣無力地說道；並感到疲倦，一整天什麼事情也沒做。

「我想，你一定籌得到。」

羅亭搖搖頭。

「你這樣想嗎？」

他望向一旁，似乎別有深意。

娜塔莉雅欲言又止。

「瞧，」羅亭說著，指向窗外，「看見那棵蘋果樹嗎?它被自己的豐碩果實壓斷了。它是天才的真實寫照。」

「它折斷是因為沒有支撐。」娜塔莉雅說。

「我了解你的意思，娜塔莉雅．阿列克謝耶夫娜，但一個人要找到支撐談何容易。」

「我想他人的同情……無論如何，孤立……」

娜塔莉雅感到有些迷亂，臉微微漲紅。

「那冬天你打算在鄉間做什麼呢？」她匆忙補充了一句。

「做些什麼？我會完成我的長篇論文，你知道的那篇關於『生活與藝術中的悲劇』。我前天把構思告訴過你，將來我會把文章寄給你。」

「要付印出版嗎？」

「不。」

「不？那你為誰而寫？」

「就算是為你吧。」

娜塔莉雅垂下視線。

「它對我而言太高深了。」

「我可以請教這篇論文的題目是什麼嗎？」巴西斯托夫恭謙地問道，他一直坐在稍遠處。

「『生活與藝術中的悲劇』，」羅亭重複了一次，「巴西斯托夫先生也可閱讀它。不過文章的基本要旨我尚未完全確定。到現在我還沒把愛的悲劇意義想清楚。」

羅亭喜歡談論愛，也頻繁談論愛。起初，一聽到「愛」這個字眼，邦庫爾女士就會像久經沙場的戰馬聽到號角般豎起耳朵，但後來她漸漸習慣了，只是噘起嘴唇，不時地嗅一下鼻菸罷了。

「對我而言，」娜塔莉雅羞怯地說，「愛情的悲劇就是愛卻得不到回應。」

「絕非如此！」羅亭反駁說，「那倒是愛情喜劇性的一面……這個問題應該從另一個完全不同的角度切入……應當更深入地探究它……愛情！」他繼續道，「愛情從何而來，如何發展，又如何消逝，這一切都極其神祕。有時它突然出現，像白晝般明亮愉悅，無可置疑；有時它像悶燒的餘燼般，時移世易後又突然在心中燃起烈焰；有時它像蛇一般鑽進你的心裡，卻又忽地溜出去……是的，是的；它是個重要問題。但是在我們這個時代，有誰在愛？又有誰敢於愛？」

羅亭陷入沉思。

「為何我們許久沒見到謝爾蓋．巴甫里奇了？」他陡然問道。

娜塔莉雅的臉紅了，忙不迭地把頭垂向繡花架。

「我不知道。」她喃喃地說。

「他是個出色慷慨的傢伙！」羅亭大聲說道，站起身來，「他是俄國紳士最優秀的典範。」

邦庫爾女士用她那對細小的法蘭西眼睛斜睨了他一眼。

羅亭在房間裡踱著步。

「你是否留意到，」他說著，腳跟迅疾一轉，「在橡樹上……橡樹是種強健的樹木……只有新葉萌發時，老葉才會脫落？」

「是的，」娜塔莉雅慢慢地答道，「我留意到了。」

「在一顆堅強的心中，舊的愛情亦是如此；它已然枯死，但仍攀戀著故枝，只有新的愛情萌芽才能將它逐走。」

娜塔莉雅沒有回答。

「這是什麼意思？」她思忖著。

羅亭站了半晌，然後把頭髮往腦後一甩便離開了。

娜塔莉雅回到自己的臥室，她茫然不解地久坐在小床上，反覆思索著羅亭最後那句話。突然間，她緊握雙手，憂傷地哭了起來。她為何而哭——天知道！她自己也無從知曉為何眼淚如決堤般奪眶而出。她拭乾了，但它又像久壅頓開的泉水般源源不絕地湧出來。

同一天，亞歷珊卓·巴甫洛夫娜和列日涅夫之間也進行了一場關於羅亭的談話。起初，他一言不發、避而不答，但她下定了決心，終於令他開口。

「我看得出來，」她對他說，「你還是和從前一樣不喜歡德米特拉·尼古拉耶伊奇，我有意忍耐著不問，但到現在你已有足夠時間確定他有無轉變，我想知道你究竟為何不喜歡他。」

「好吧，」列日涅夫以他慣常的冷淡語調回答道，「既然你已經按捺不住；不過有言在先，我說了你可別生氣。」

「好，你說，你說，你快說。」

「而且要讓我把話說完。」

「當然，當然。你快說吧。」

「很好，」列日涅夫懶洋洋地倒向沙發，「我承認我確實不喜歡羅亭。他是個聰明人……」

「我也這麼想。」

「他極其聰明，雖則實際上非常淺薄。」

「這種話說別人很容易。」

「雖則非常淺薄，」列日涅夫重複道，「不過也沒有多大壞處；我們都很膚淺。我甚至也不想指責他骨子裡的暴虐、懶惰與知之甚少。」

亞歷珊卓・巴甫洛夫娜握緊了雙手。

「羅亭！知之甚少！」她喊出聲來。

「知之甚少！」列日涅夫依然冷淡地重複了一遍，「他喜歡靠別人的錢過活，故作姿態，如此等等……這些也都還算平常。但糟糕的是，他冷若冰山。」

「他！他的靈魂像烈焰般火熱！他冷?!」

「是的，冷若冰山，他自己知道，可卻裝出火熱的模樣。壞的是，」列日涅夫接著說，漸漸興奮起來，「他在進行一場危險的遊戲，當然，對他而言毫無危險；他不下分文賭注，一毛不損……但其他人卻把靈魂都押上了。」

「你指誰？你說的是什麼？我不懂。」亞歷珊卓・巴甫洛夫娜說。

「壞的是，他不誠實。畢竟他是個聰明人，他應該知道他的話價值幾錢，可他偏偏說得好像意義深遠一般。他口才出眾，這無可爭辯，可這不是俄國式的口才。年輕人說說漂亮話還情有可原，但在他這般年紀還陶醉於誇誇其談和自我炫耀是非常可恥的！」

「米哈伊羅・米哈伊里奇，我認為，對於聽眾來說，他是否自我炫耀並無差異。」

「請原諒，亞歷珊卓・巴甫洛夫娜，那不一樣。同樣一句話，從一個人口中說出可以讓我大為感動，可從另一個人口中說出，或許還說得更漂亮些，而我卻無動於衷。這是何故？」

「因為你聽不進，或許。」亞歷珊卓・巴甫洛夫娜打斷他。

「我聽不進，」列日涅夫接著說，「儘管我的耳朵應該夠大了。重點是，羅亭的話始終只是掛在嘴邊，從來不會實行；同時那些話足以擾亂甚至可能毀掉一顆年輕的心。」

「你究竟指的是誰呀，米哈伊羅．米哈伊里奇？」

列日涅夫停頓了片刻。

「你想知道我指的是誰？就是娜塔莉雅．阿列克謝耶夫娜。」

亞歷珊卓．巴甫洛夫娜一怔，但隨即又笑了起來。

「真是的！」她說道，「你的想法總是那麼古怪！娜塔莉雅還是個孩子；況且，假設真如你所言，難道你以為達爾雅．米哈伊羅夫娜……」

「第一，米哈伊羅夫娜是個自私的人，她只為自己而活；其次，她深信自己教育子女有方，根本不會想到要為他們感到不安。胡鬧！絕不可能，只消她點個頭，威嚴地瞪上一眼，一切都會煙消雲散，相安無事。那位貴婦就是這麼想的，她自以為是女梅塞納斯[44]，是才女，是天曉得的厲害人物，但實際上她不過是個愚蠢庸俗的老太

44 蓋烏斯．梅塞納斯（Gaius Cilnius Maecenas, BCE70 - BCE8），羅馬帝國皇帝奧古斯都的著名外交家，同時也是詩人藝術家的保護人。

婆。娜塔莉雅可不是個孩子；相信我，她想得遠比你我認為得要多、要深。然而，她這樣一位秉性真摯、熱情、熾熱的女孩卻碰上一個戲子，一個這樣的調情老手！不過，這類事情也稀鬆平常。」

「一個調情老手！你說他是個調情老手？」

「當然是。你自己說說看，亞歷珊卓・巴甫洛夫娜，他在達爾雅・米哈伊羅夫娜家裡究竟扮演了什麼角色？成了偶像，家庭的巫師，一切家庭事務、閒言碎語、日常瑣事他都干涉……這難道是堂堂大男人該有的行為嗎？」

亞歷珊卓・巴甫洛夫娜驚愕地望著列日涅夫。

「我都認不出你了，米哈伊羅・米哈伊里奇，」她說道，「你面頰漲紅，情緒激動。我相信這其中必有別的隱情。」

「噢，果然如此！要和女人談一件確信無疑的事情，可她非得編排出一套無關緊要的理由來解釋你為何要這樣說而不是那樣說，否則她是絕不會安心的。」

亞歷珊卓・巴甫洛夫娜有些生氣。

「好啊，列日涅夫先生！你也開始攻擊起女人來了，言辭尖刻不亞於比加索夫先生；你儘管說，但無論你多麼洞察秋毫，我還是難以相信你能看透所有人和所有事。我覺得你錯了。依你的看法，羅亭就是塔圖弗[45]那類的人物了。」

「不，重點是，他連塔圖弗都不如。塔圖弗至少還知道自己所為為何；但這個傢伙，儘管聰明過人……」

「怎樣，他又怎樣呢？請把話說完，你這個人有失公允，太可怕了！」

列日涅夫站起身來。

「聽著，亞歷珊卓．巴甫洛夫娜，」他說，「有失公允的人是你，不是我。你為了我對羅亭的嚴厲批評而生氣；可我有權利這樣談他啊！可以說，我是付了相當昂貴的代價才獲得這種特權的。我太了解他，我和他同住了很長一段時期。你記得嗎，我曾答應你有一天會把我們在莫斯科的生活告訴你。顯然現在我非談不可了。但是，你有耐性聽我說完嗎？」

「告訴我，告訴我！」

「很好。」

列日涅夫開始緩慢地在房間裡踱步，不時地停下來，低頭思索。

「你也許知道，」他說，「也許不知道，我從小就成為孤兒，十七歲起便不再受

45 法國戲劇家莫里哀作品《偽君子》中的主角。

人管束了。我住在莫斯科姑母家裡，做任何事都隨心所欲。年幼時，我相當愚笨自負，喜歡說大話，出風頭。進入大學後，我的行為舉止還像個小學生，很快便惹出麻煩。我不打算告訴你詳情，那不值一提。總之我說了謊，一個相當可恥的謊言，當謊言被戳穿後，我受到了公開的羞辱。我不知所措，像孩子那般哭了起來。事情發生在一位朋友的房間裡，又當著一大群同學的面，他們都嘲笑我，只有一位同學例外。他，請你注意，在我百般狡辯，矢口否認時，原是比任何人都要憤慨的。或許是出於憐憫，他挽起我的手臂，把我帶去了他的房間。」

「那個人是羅亭嗎？」亞歷珊卓・巴甫洛夫娜問。

「不，不是羅亭……那個人……他已經死了……他是個非凡的人。他的名字叫作波科爾斯基，我無法用三言兩語描述他，但只要一談起他，你就再也不會想談論其他人了。他具有高貴純潔的心與我從不曾再遇見過的聰慧。波科爾斯基住在一間狹小低矮的房間裡，那是一幢舊木屋的閣樓。他非常窮，靠教課勉強維持生活，有時連一杯招待訪客的茶都端不出來，他的沙發坐上去顫顫巍巍地好像在船裡一樣。儘管如此不安適，還是有很多人去拜訪他，大家都喜歡他，都被他吸引。你簡直不會相信坐在他那間陋室裡是多麼美妙與愉悅！就是在他那裡，我認識了羅亭。那時，他已經離開他的親王了。」

「這位波科爾斯基究竟有什麼異乎常人之處？」亞歷珊卓．巴甫洛夫娜問。

「怎麼說呢？詩意和真實，這就是他吸引大家的地方。他頭腦清晰，知識廣博，但還是像孩童般單純可愛。直到如今，我耳中還縈繞著他爽朗的笑聲，同時，他又……

在聖潔和真實的神殿前
點燃子夜的明燈

我們那群人中有一位瘋癲的可愛詩人如此形容他。」

「他的口才如何？」亞歷珊卓．巴甫洛夫娜又問。

「他興致高昂時很健談，但並不出眾。羅亭的口才當時就比他強二十倍。」列日涅夫停住腳步，雙臂交疊。

「波科爾斯基和羅亭完全不同。羅亭更鋒芒畢露，言語更流暢，或許也更富激情。看似他的天資遠遠勝過波科爾斯基，然而相較之下，羅亭其實只是條可憐蟲。他能把任何思想都發揮得十分出色，他擅長辯論，但他的想法並非出於自己的頭腦，而是取自他人，尤其自波科爾斯基。波科爾斯基看上去沉靜溫和，甚至有幾分文弱，但是對女人傾心癡迷，喜歡放縱，從不容忍任何人的欺負。羅亭看似一團火，充滿勇氣和活力，可是內心冰冷，幾近怯懦，除非冒犯到他的虛榮心，他才會不擇手段。他總想高人一等，但所憑藉的只是一般原則和思想，雖則他確實也對很多人產生巨大的影響力。說老實話，沒有人喜歡他；也許我是唯一對他有感情的人。大家只是屈服於羅亭的支配，而對波科爾斯基卻是心悅誠服。羅亭從不拒絕與遇到的任何人爭辯或討論。他書讀得不算多，但無論如何遠超過波科爾斯基和我們其餘人；並且，他頭腦清晰，記憶力驚人，這些對於青年會有何等的影響啊！他們要的是論證，要的是結論，哪怕是錯誤的，只要有結論就好！一個真正老實真誠的人不會合他們的胃口的。試著告訴年輕人，你無法給他們一個純粹的真理，他們絕不會想來聽你的了。但是你也不能欺騙他們，你至少得一半相信自己掌握了真理，這就是為何羅亭會對我們這群人產生強烈的影響。我剛才告訴過你，他書讀得不多，但讀的都是哲學書籍，他的頭腦天生又使他立刻從所讀之中抽取出一般原則，看透事物的本質，然後從各個方向進行演繹，連貫成鮮亮而明智的思想，為靈魂展開廣闊的視野。我們那時的群體，老實說，還只是一些孩子，才疏學淺的孩子。哲學、藝術、科學，連生活本身都只是空談，甚至只是一堆概念，迷人而華麗堂皇，但互不關聯，彼此孤立。我們對這些概念之間的普遍聯繫、縱橫宇宙的一般原則一無所知，也毫無接觸，雖則我們也曾含糊不清地討論過它們，自己試著搞清楚。聽了羅亭的話後，我們才似乎第一次感覺總算抓出這個普遍聯繫了，彷彿一層面紗終於被揭開了！就算他口中所言的思想都是拾人牙慧，那又有什麼關係！我們所認識的種種事物突然間都確立了和諧的秩序，所有零星分散的東西都歸入了整體，開始成形，像建築物般在我們眼前漸漸聳立起來，一切熠熠生輝，靈感迸發……再也沒有什麼是無意義、偶然的，每樣事物都顯示出精妙的設計和美感，每樣事物都獲得了明晰又不乏神祕的意義；每種生活中的孤立現象都融著於和諧，而我們自己也懷著神聖的敬畏與崇敬之情，懷著甜蜜的情感，覺得自己成為了永恆真理之有生命的容器，擔負著偉大……這一切在你聽來不覺得可笑嗎？」

「一點也不！」亞歷珊卓．巴甫洛夫娜緩緩地回答道，「你為什麼這麼認為呢？我並沒有完全聽懂你的話，可是我一點也不覺得可笑。」

「當然，從那時起，我們也變得聰明了一些，」列日涅夫繼續說道，「現在，這一切好像都顯得孩子氣……但是，我得重複一次，在當時羅亭令我們獲益匪淺。波科爾斯基無可比擬地比他高尚許多，這一點毋庸置疑；波科爾斯基給我們帶來了火與力，可他有時會消沉而默然不語。他有些神經質，身體也不強健；但當他一旦展翼，天哪，是何等地一飛沖天，直上雲霄啊！羅亭相貌堂堂，一表人才，卻有很多狹隘小器之處，他甚至是個長舌婦，事事都喜歡插一手，處處發表議論。他營營役役，不知疲倦……他是天生的政客。我所說的是那時我所認識的他，但不幸的是，他沒有改變。而且，他的信念也未曾改變，三十五歲了！這不是任何人都能自說自道的！」

「坐下吧，」亞歷珊卓．巴甫洛夫娜說，「你怎麼總是像只鐘擺似地晃來晃去？」

「我比較喜歡這樣，」列日涅夫回答，「好吧，自從加入波科爾斯基的小組以後，我可以告訴你，亞歷珊卓．巴甫洛夫娜，我完全變成了另一個人；我變得虛心向學，熱心鑽研，並且滿心歡喜，畢恭畢敬。總而言之，我彷彿邁進一座神聖的殿堂。真的，每每回憶起我們的聚會，我保證，其間充滿著美好甚至動人的場面。試想五六個青年圍聚在一起，燃著一根蠟燭，喝著劣等茶，啃著不知擺了多少天的麵包；可是，你真該看看我們的臉，聽聽我們的談話！每個人的眼睛都被激情點亮，臉頰漲紅，心跳加速，我們談論上帝，談論真理，談論人類的未來，談論詩歌……有時我們口出謬言，為一些胡言亂語欣喜若狂；但又有什麼關係呢？……波科爾斯基疊腿坐在那裡，一隻手托住蒼白的臉，眼睛射出光芒。羅亭站在房間中央高談闊論，儼然年輕時的狄摩西尼[46]面對洶湧的海浪在演說；我們的詩人，頭髮蓬亂的蘇波金，夢囈般不時拋出幾句驚歎；而席勒，一名四十歲的老學生，德國牧師的兒子，以他永久不破的沉默在我們中間獲得深刻的思想家之譽，分外嚴肅莊嚴地三緘其口；就連活躍的希托夫，我們聚會上的阿里斯托芬[47]，也安靜下來僅是微笑；兩三位新成員傾聽著，心花怒放……長夜宛若插上翅膀悄悄飛去。我們分手時，已經是天際發白的清晨，大家都帶著滿心的感動與喜悅，胸懷抱負，頭腦清醒（在那時候我們是不喝酒的），靈魂中有種愉悅的疲倦感……走在空無一人的街頭，我心懷感激，甚至連仰望星空時也帶著一種信心，彷彿它們都更親近、更容易理解了。啊！那是一段多麼絢麗多彩的日子，我不能相信它是完全白過了！不，沒有白過，即使對後來變得俗鄙不堪的人而言，也沒有白過。我曾經幾次遇到他們，這些大學裡的老同學！有的人看上去已變得十分粗野，可是只要你在他面前提起波科爾斯基的名字，所有他體內遺留的高尚感情就會立刻被激發出來，好像是在什麼黑暗骯髒的房間裡打開了久被遺忘的香水瓶塞。」

列日涅夫停了下來；他本無血色的臉漲得通紅。

「那你究竟為什麼，在何時與羅亭吵翻了呢？」亞歷珊卓・巴甫洛夫娜問道，疑惑不解地望著列日涅夫。

「我們沒有吵架；只是當我到了國外、對他有透徹了解之後，便和他分道揚鑣了。不過早在莫斯科時，我原是很可能和他大吵一架的。那時他讓我吃了一個大虧。」

46 狄摩西尼（古希臘語：Δημοσθένη，BCE384年-BCE322年），古希臘著名演說家、政治家。

47 阿裡斯托芬（古希臘語：Ἀριστοφάνης, BCE446-BCE386），古希臘喜劇作家、詩人。

「發生了什麼事？」

「是這麼回事。我……我該怎麼告訴你呢？……說起來這和我的外表並不相襯，其實我曾經很容易陷入情網。」

「你？」

「是的，就是我。這很奇怪，對嗎？不過無論如何，事實就是如此。好吧，我當時愛上了一位美麗的少女……你為什麼這樣看著我？我還可以告訴你關於我更奇特的事情呢！」

「都是些什麼事，我可以知道嗎？」

「噢，譬如說吧，當初在莫斯科的時候，每天晚上我都有約會……和誰，你猜？和我花園盡頭的一棵小菩提樹。我時常擁抱著它那苗條優雅的樹幹，感覺好像擁抱著整個大自然。我的心融化了，擴張開來，彷彿容納了整個自然。那時候的我就是那樣。還有，你也許認為我沒寫過詩？我寫過，我還模仿《曼弗雷德》[48]編寫了一部完整的劇本。劇中人物有一個幽靈，胸口沾著血，並不是他自己的血，請注意，而是全人類的血……是的，是這樣，你無須感到奇怪。我要繼續把我的戀愛故事講給你聽了。我認識了一位女孩……」

「於是你便放棄了和菩提樹的約會嗎？」亞歷珊卓．巴甫洛夫娜問。

「是的，我放棄了。那個女孩甜美善良，雙瞳如翦水，嗓音若銀鈴。」

「你把她描述得極好。」亞歷珊卓．巴甫洛夫娜笑著打趣道。

「你真是一位嚴苛的批評家，」列日涅夫回嘴說，「好吧，這個女孩跟她年邁的父親住在一起……細節我便不贅述，只是告訴你這女孩心地有多善良。如果你向她討半杯茶，她定會給你斟滿一整杯！和她初次會面後的第三天，我便狂熱地愛上了她；到第七天我再也按捺不住地把一切向羅亭和盤托出，熱戀中的年輕人就是會情不自禁地想向人傾訴。那時候的我完全被他影響；憑心而論，那種影響在許多方面都是有所裨益的。他是第一個不輕視我而且設法培養我的人。我熱愛波科爾斯基，但在他純潔的靈魂前我不免油然敬畏，而羅亭則可親近些。聽說我在戀愛，羅亭喜不自勝地慶賀我，擁抱我，立刻為我指點迷津，向我解釋我的新處境是多麼需要尊嚴。我豎起耳朵聽……好吧，你知道他多麼能言善道，他的話對我產生了非同一般的影響，我立刻覺得自己相當了不得，於是收起笑容，擺出一副嚴肅的樣子。記得我那時連走路都謹慎起來，彷彿懷揣著盛滿無價液體的聖杯而生怕灑出來似的……我非常快樂，尤其發現

48 英國詩人拜倫的戲劇詩。

對方也很喜歡我的時候。羅亭希望和我的愛人認識，而我也堅持非介紹給他不可。」

「啊，我現在明白是怎麼回事了！」亞歷珊卓．巴甫洛夫娜打斷他說，「羅亭奪去了你的心上人，所以你至今仍耿耿於懷……我敢打賭準沒錯！」

「那你就輸了，亞歷珊卓．巴甫洛夫娜；你錯了。羅亭並沒有奪走我的心上人，他甚至連想也不曾想，可他還是斷送了我的幸福；儘管冷靜下來看，現在我還該感激他呢，但是當時我差點發了狂。羅亭絕非有意傷害我……恰恰相反！只是他有一個可恨的習慣，要把所有的感情都用言語釘牢……無論是自己的還是他人的，就像把蝴蝶釘在標本箱裡那樣。於是他開始替我們釐清彼此的關係，告訴我們應該怎樣對待彼此，迫使我們去估量各自的感情和思想；他稱讚我們也責備我們，甚至給我們寫起信來……想想看！好吧，結果他成功地把我們弄得昏頭轉向了！雖然當時我也未必會和這位少女結婚（我多少還有些理性），但至少我們可以像保羅和維吉尼亞[49]那樣一起度過幾個月的歡樂時光；可是實際上，我們卻接二連三地鬧出各式各樣的緊張與誤會。羅亭了結了這段關係。在一個美麗的早晨，他篤信不疑地說，作為朋友，他負有神聖的義務要讓她年邁的父親了解這一切……他也這麼做了。」

「怎麼可能？」亞歷珊卓．巴甫洛夫娜驚歎道。

「是的，居然是在徵得我同意之後，請注意，難以置信的就在這裡！……我至今仍記得當時一片混亂，一切都在旋轉，全部是顛倒的、像在照相機的暗箱裡一樣，白成了黑，黑成了白，謬誤變為真理，幻象則是義務……啊，即使現在回想起來仍覺羞恥！可羅亭，他從不洩氣，絲毫不畏縮！他穿梭於各種誤解與糾葛之間，好像一隻燕子輕輕掠過池塘。」

「你就這樣和那位少女分手了？」亞歷珊卓・巴甫洛夫娜問，天真地側著腦袋，揚起眉毛。

「我們分手了，而且是糟糕透頂的分手，極其尷尬，在大家面前；毫無必要地鬧到眾人皆知……我哭了，她也哭了，我不知道我們之間發生了什麼……就像打了一個戈耳狄俄斯[50]之結，只能一刀兩斷，真是痛苦！然而，萬事萬物總歸會圓滿。她後來嫁給了一個好男人，現在很幸福。」

「可是你得承認，無論怎樣，你始終無法原諒羅亭。」亞歷珊卓・巴甫洛夫娜開口道。

49 法國作家貝爾納丹・德・聖皮埃爾（Jacques-Henri Bernardin de Saint-Pierre, 1737-1814）的短篇小說《保羅與維吉尼亞》。

50 源於希臘神話，比喻難解之結，難辨之事。

「不是這回事！」列日涅夫打斷她，「他出國的時候我哭得像個孩子。不過說實話，歧見的種子那時就已經在我心中埋下，直到後來我在國外遇到他……好吧，那時我已經成熟……也就識破了羅亭的本質。」

「你究竟在他身上發現了什麼？」

「就是一個小時前講述給你聽的那些啊。不過談他也談得夠多了，或許一切都會變好的，我只是想向你表明如果我對他的評價過於苛刻，並非因為我不了解他……至於娜塔莉雅．阿列克謝耶夫娜，我不想再多言，但是你應該要留意你弟弟。」

「為什麼，你瞧瞧他那副樣子。難道你真的不曾注意到嗎？」

「我弟！為什麼？」

亞歷珊卓．巴甫洛夫娜垂下眼簾。

「你說得對，」她承認著，「的確……我弟……已經有一陣子判若兩人了……不過你真的認為……」

「小聲點！我想他正往這邊來，」列日涅夫輕聲說，「不過娜塔莉雅可不是孩子了，相信我，雖然很不幸她還像孩子那樣毫無經驗。你等著瞧，這女孩會讓我們大吃一驚。」

「怎樣呢？」

「噢！是這樣的……你可知道正是她那樣的女孩才會幹出投水、服毒諸如此類的事情嗎？別被她的貌似文靜誤導了，她的感情熾烈，而且性格……我的天！」

「得了，我看你是在胡思亂想。在你這樣冷漠的人眼中，恐怕我也能算一座火山吧？」

「哦，不！」列日涅夫回答，浮現一抹微笑，「說到性格……你根本沒有性格，感謝上帝！」

「這話也太無禮了吧？」

「這話？這是最無上的讚美，相信我。」

沃倫塞夫走進來，狐疑地看著列日涅夫和他姊姊。他近來消瘦了些。他們同時和他說話，但他對他們的諧謔只是勉強微笑。他的神情正如比加索夫曾形容過像隻憂鬱的兔子。不過這世上又有哪個人在一生中沒遇過比像隻憂鬱的兔子還糟糕的時刻呢？沃倫塞夫感覺娜塔莉雅正漸漸從他身邊飄離，而他腳下的大地也隨著她的離去逐漸崩裂。

7

次日是星期天，娜塔莉雅很晚起床。昨天一整天她都非常沉默；她暗自慚愧於自己的眼淚，睡得很不安穩。她半披著衣服坐在小鋼琴前，間或彈幾聲和弦，聲音微弱得幾乎聽不見，生怕吵醒邦庫爾小姐；要麼就是把前額貼在冰冷的琴鍵上，久久地一動也不動。她一直在想，不是想羅亭本人，而是他所言的幾句話。她完全陷入沉思。有時她會記起沃倫塞夫，她知道他愛她，可是她的思想一瞬間就從他身上盪開了……她感到一種異樣的躁動。早晨起來，她匆忙穿好衣服，跑下樓向母親問安，便找機會獨自到花園裡去了……天氣炎熱，陽光明媚，雖則時有陣雨。薄煙般的浮雲淌過晴空，沒有將太陽隱去，只不時地傾倒下一陣滂沱大雨，鑽石般閃亮的雨點細密而沉重地急速墜落，陽光在雨簾間的縫隙中閃閃爍爍。方才還在隨風搖曳的青草也靜了下來，渴飲著雨水，濕淋淋的樹木懶洋洋地抖著枝葉。鳥兒啁啾個不停，應和著新雨落土後的潺潺水流聲，顯得更加婉轉動聽。滿是塵土的路面霧氣蒸騰，急驟的雨點打在上面留下淺淺斑點。隨即雲散，輕風拂過，青草開始顯出碧綠和金黃的色彩，潮濕的樹葉黏貼在一起，樹木好像變得透明了。到處散發著一股濃烈的香氣。

娜塔莉雅走進花園時，天空已經是一碧如洗。園中馥郁芬芳，處處寧靜——這種予人慰藉、喜悅無憂的寧靜勾起心底難以名狀的想望和祕密的情感，令人有種甜蜜的慵懶。

娜塔莉雅沿著池邊一行白楊林蔭道向前走去，突然，羅亭好像從地下冒出來似的站到了她面前。她有些驚慌，羅亭直視著她的眼睛。

「你獨自一人？」他問道。

「是的，我獨自一人，」娜塔莉雅回答，「不過我馬上要回去了，回家的時間到了。」

「我陪你。」

他和她並肩走著。

「你似乎有些憂傷。」他說。

「我……我也正想說，你好像無精打采的。」

「也許是的……我時常這樣。比起你來，我倒是情有可原。」

「為什麼？難道我沒有理由憂傷嗎？」

「你這個年紀應該享受生活的樂趣。」

娜塔莉雅默默地走了幾步。

「德米特里·尼古拉耶伊奇！」她說。

「嗯？」

「你還記得嗎，昨天你所說的那個比喻……還記得嗎，關於那棵橡樹？」

「是的，我記得。怎麼了？」

娜塔莉雅偷偷瞥了羅亭一眼。

「你為什麼……那樣比喻是什麼意思？」

羅亭偏偏頭，眼睛望向遠處。

「娜塔莉雅．阿列克謝耶夫娜！」他用自己特有的那種富有激情又意味深長的語調說，這種語調往往會使聽者以為羅亭表達出的甚至還不及他心中所想的十分之一——「娜塔莉雅．阿列克謝耶夫娜！你也許注意到我很少談論自己的過去，甚至有幾根心弦我完全不去觸及。我的心……有誰需要知道我心裡的感受為何呢？將其展露於眾在我看來總覺得冒瀆。但對你，我可以推心置腹；你贏得了我的信任……我不能向你隱瞞，我也像所有人一樣愛過、痛苦過……何時，怎樣？這些不值一提，但我的心體驗過許多歡樂，也體味過許多痛苦……」

羅亭沉默了片刻。

「昨天我對你所說，」他繼續道，「在某種程度上也適用於我自己目前的處境。但這些仍是不值一提的。對我而言，生活的這一面已經消逝，留下的只是乏味而疲憊的旅途，沿著灼熱的漫天沙塵之路從一處走到另一處……何時才能抵達……是否會抵達……只有天知道……我們還是談談你的事吧。」

「難道說，德米特里．尼古拉耶伊奇，」娜塔莉雅打斷他，「你對生活毫無期待嗎？」

「哦，不！我期待甚多，但不是為了自己……我將永不放棄從行動中所得到的裨益與滿足；可是我早已拋棄快樂。我的希冀、我的理想跟我本人的快樂毫無共同之處。愛情，」說到這個字眼，他聳了聳肩，「愛情不是為我而存在的；我配不上它；戀愛中的女人有權要求男人的一切，而我已經永遠無法獻出全部的自我。此外，愛情是年輕人才會贏得的，我太老了。我怎麼還能吸引別人呢？感謝上帝，賜福我保持清醒。」

「我懂，」娜塔莉雅說，「一個致力於崇高目標的人不該考慮自己；但是難道女人就沒有能力欣賞這種男人嗎？相反的，我本以為女人更容易被利己主義者拋棄……所有的年輕人，你說的那些年輕人，都是利己主義者，只顧自己，哪怕在戀愛時。相信我，女人不僅能珍視自我犧牲的價值，她也能犧牲自我。」

娜塔莉雅雙頰微微漲紅，眼睛閃著光芒。在結識羅亭之前，她從來不曾說過這樣長而熱烈的話。

「你曾經不止一次地聽過我對女性使命的見解，」羅亭謙遜一笑，「你知道我認為只有聖女貞德才能拯救法蘭西……不過核心問題不在於此。我要談的是你。你正站在人生的門檻上，談論你的未來不但愉悅而且不無裨益……聽我說，你知道我是你的朋友，我待你如同妹妹，因此我希望你不要認為我提的問題唐突；請告訴我，你的心至今還未曾被觸動嗎？」

娜塔莉雅臉紅耳赤了起來，一句話也沒說。羅亭站住了，她也停下腳步。

「你不生我的氣？」他問。

「不，」她回答，「只是我不曾料想……」

「不過，」他繼續說，「你也不必回答。我知道你的祕密。」

娜塔莉雅幾乎驚恐地望著他。

「是的，是的，我知道誰贏得了你的芳心，我應當說沒有比這更好的選擇了。他是極好的人；他知道如何尊重你；他還沒被生活的重負壓垮……他單純質樸、靈魂高潔……他將會使你幸福。」

「德米特里．尼古拉耶伊奇，你指的是誰？」

「你不明白嗎？當然是沃倫塞夫。怎麼？並非如此？」

娜塔莉雅稍微轉過臉，避開羅亭。她完全不知所措。

「難道他不愛你嗎？算了吧，他的眼睛對你一寸不離，注視著你的一舉一動；而且，愛是瞞得住的嗎？你自己不也對他有好感？據我觀察，你母親也喜歡他……你的選擇……」

「德米特里．尼古拉耶伊奇，」娜塔莉雅打斷他，困窘地把手伸向身旁的樹叢，「這件事實在太難啟齒，不過我可以保證……你錯了。」

「我錯了！」羅亭重複了一遍，「我想不會的。雖然我認識你的時間不長，可是已經很了解你。我親眼見到你的改變意味著什麼？我看得很透徹。你還是像六星期前我初次見到時那樣嗎？不，娜塔莉雅．阿列克謝耶夫娜，你心煩意亂。」

「也許是的，」娜塔莉雅回答說，聲音微弱得幾乎聽不到，「可是你終歸還是錯了。」

「哪裡錯了？」羅亭問。

「讓我走吧！別再問了！」娜塔莉雅說著，快步向屋裡邁去。

她為自己意識深處突然感知到的情感驚懼不已。

羅亭追上前把她拉住。

「娜塔莉雅．阿列克謝耶夫娜，」他說，「這次談話不能就此結束；對我而言它太重要了……我應該怎樣了解你的意思呢？」

「讓我走！」娜塔莉雅重複了一次。

「娜塔莉雅．阿列克謝耶夫娜，看在上帝的分上！」

羅亭神情激動，面色蒼白。

「你事事了解，必定也了解我！」娜塔莉雅說著掙脫了他的手，頭也不回地朝屋子走去。

「只說一句！」羅亭在後面喊道。

她停住腳步，但沒有轉身。

「你問我昨天那個比喻意味著什麼，我告訴你，我不想欺騙你，我指的是我自己，我自己的過去，也指你。」

「什麼？指我？」

「是的，指你。我再說一遍，我不想騙你。你現在知道當時我指的是什麼感情了，一種新的感情……直到今天，我都不敢……」

娜塔莉雅突然雙手掩面，向屋裡跑去。

跟羅亭談話的結局太過出乎意料，以致她從沃倫塞夫身邊跑過時都沒有發現他。

他抵著一棵樹，一動也不動地站著。他一刻鐘之前就到了達爾雅．米哈伊羅夫娜家，在客廳裡和她簡單交談幾句後，便偷偷溜出來尋找娜塔莉雅。憑著戀愛中人特有的直覺，他徑直走進花園，正撞見娜塔莉雅把手從羅亭那裡掙脫出來，他頓時眼前發黑。他凝視著娜塔莉雅的背影，直起身離開樹邁了兩步，不知道要去哪裡，也不知道要做什麼。羅亭走過時看到了他，他們彼此對視了一眼，點了點頭便各自默默走開。

「這還不是最終結局。」兩人都這樣想著。

沃倫塞夫走去花園的盡頭，他悲傷極了；心頭像墜著鉛塊般沉重，血液不時洶湧翻騰。天空又開始下起陣雨來。羅亭回到自己的房間。他，也無法平靜，思緒一片混亂。坦誠相待中遽然觸摸到一顆年輕而真誠的心，任誰都會被激盪。

之後，餐桌上的氣氛有幾分尷尬。娜塔莉雅，面色蒼白，坐不安席，連眼睛都不曾抬起。沃倫塞夫和平時一樣坐在她身旁，沒話找話地不時攀談幾句。這天比加索夫恰好也在達爾雅．米哈伊羅夫娜家裡用餐，席間他比任何人都談得多。他談到人跟狗一樣，也可以分為短尾和長尾兩類。他說，短尾巴的人要麼是天生，要麼是自作孽，他們都生活得很悲慘，一事無成——對自己完全缺乏自信。而毛茸茸的長尾人則是幸福的，他也許比短尾人弱些、劣勢些，但他相信自己；他把尾巴一翹，人人都交口稱讚。這真是匪夷所思。尾巴，任誰都承認是身體上完全沒用的一部分，尾巴能有什麼用處呢？但是大家竟都依據尾巴來判斷一個人的能力。「我自己，」他嘆了口氣作出結論，「就屬於短尾那類的，而最惱人的是，我自己斷掉了我的尾巴。」

「你所說的，」羅亭漫不經心地說道，「拉羅什福柯[51]早已說過：先相信你自己，別人就會相信你。可何必跟尾巴扯上關係呢，我不懂。」

「讓每個人，」沃倫塞夫尖銳地說，眼睛射著光，「讓每個人依照自己的意願表達自我吧。談到獨裁！……我認為沒有比所謂聰明人的獨裁更糟糕的；讓他們見鬼去吧！」

大家都為沃倫索夫脫口而出的言辭所驚愕，個個緘默不語。羅亭瞄了他一眼，但受不了他的目光，便轉過頭去微微一笑，也沒說話。

「啊哈！原來你也是個短尾巴！」比加索夫心中暗想。娜塔莉雅則有些膽戰心驚。達爾雅・米哈伊羅夫娜亦困惑不解地凝視著沃倫塞夫，過了半晌，她終於開口，談起某某大臣養的一條狗是多麼地不同尋常。

飯後不久，沃倫塞夫便起身告辭，他向娜塔莉雅告辭時忍不住對她說：

「你為何如此心神不寧，好像做了什麼錯事？你不可能做對不起任何人的事！」

娜塔莉雅完全聽不懂，只是茫然望著他離去的背影。喝茶前，羅亭走到她身邊，身子俯在桌子上裝作看報紙，低聲說：

「彷彿一場夢，是麼？我必須和你單獨會面，哪怕只是一小會兒。」他轉向邦庫爾女士。「看，」他對她說，「這就是你找的那篇文章。」然後又湊到娜塔莉雅耳邊，悄悄說，「想辦法十點鐘左右到紫丁香涼亭旁的露台，我在那裡等你。」

比加索夫成為這天晚上的男主角，羅亭把地盤讓給了他。他逗得達爾雅・米哈伊羅夫娜笑得合不攏嘴；起初他講起一位懼內的鄰居，三十年來被老婆管得沾上了副娘娘腔，有一天他涉過一個小水潭時，比加索夫恰巧在旁，看見他伸手撩起衣服後襟，好像女人撩起裙裾那樣。接著他又說起另一個人，那人先是加入共濟會，之後患上憂鬱症，最後卻想成為一位銀行家。

「你是如何做共濟會會員的，菲利普・斯捷潘內奇？」比加索夫問他。

「眾所周知，我把小指的指甲留得特別長。」

不過最令達爾雅・米哈伊羅夫娜捧腹的還是比加索夫竟然也高談闊論起愛情，並堅稱也曾受人仰慕，一位熾熱如火的德國女士甚至親暱地喊他「可愛的小阿弗裡坎」、「啞啞的小烏鴉」呢。達爾雅・米哈伊羅夫娜笑了，不過比加索夫沒有說謊，他的確有資格吹噓。他斷言沒有比令一個女人愛上你更容易的了，你只需連續十天反覆對她說，天堂就在她的唇上，幸福就在她的眼中，別的女人和她相比就像一堆破布

51　弗朗索瓦・德・拉羅什福柯（Francois de La Rochefoucauld, 1613-1680），出身於巴黎貴族，法國思想家、箴言作家。

袋……那麼第十一天對方便會說自己唇上有天堂，自己眼中有幸福，並且會愛上你。世間萬象，均有可能；所以誰知道呢，或許比加索夫是對的呢？

九點半時，羅亭已經在涼亭裡等候了。幾點星光閃爍在蒼白遙遠的天空深處，夕陽餘暉下西天的地平線顯得更加明亮清晰。一輪半圓月透過白樺樹垂枝細密交錯的黑網灑下金光，其他樹木則像巨人般猙獰挺立，枝葉間的罅隙彷彿千百雙眼睛，有的則融成團團的濃重黑暗。樹葉文風不動，紫丁香與金合歡的頂部枝條向上探進溫暖的空氣中，彷彿在專心聆聽。房子現在是一團黑影，長窗逸出塊塊紅光。這是個溫柔而安謐的夜晚，但這安謐之中卻隱隱起伏著熱烈的嘆息。

羅亭站著，雙臂交疊抱在胸前，緊張地聽著周圍動靜。他的心狂跳不已，他不由自主地屏住呼吸。終於，他辨識出那又輕又急促的腳步聲，娜塔莉雅走進了涼亭。

羅亭快步迎上去，抓起她的手。她的手冷得像冰一樣。

「娜塔莉雅．阿列克謝耶夫娜！」他激動地低語道，「我想見你……我無法等到明天。我必須要告訴你，我自己沒有想到，甚至今天早晨之前還不曾察覺到的。我愛你！」

娜塔莉雅的手在他的掌心微微顫抖。

「我愛你！」他重複道，「我怎麼可以把自己蒙在鼓裡這麼久？為何很久以前沒有意識到我愛你？你呢？娜塔莉雅．阿列克謝耶夫娜，告訴我！」

娜塔莉雅幾乎連氣都透不過來。

「你看到我跑來這裡了。」她終於說道。

「不，告訴我，你愛我嗎？」

「我想……是的。」她低聲道。

羅亭更熱情地握緊她的手，想把她拉到身邊。

娜塔莉雅很快地看了下周圍。

「放開我……我很害怕……我覺得有人在偷聽……看在上帝的分上，你要小心些。沃倫塞夫已經有所察覺。」

「別管他！你看到我今天就沒理睬他……啊，娜塔莉雅．阿列克謝耶夫娜，我多麼幸福！現在沒有什麼能夠將我們分開！」

娜塔莉雅凝視著他的眼睛。

「放開我，」她輕輕地說，「我該回去了。」

「再等一會。」

「不，放開我，讓我走。」

「你好像有些怕我。」

「不，可是我該回去了。」
「那麼，至少再說一次……」
「你說你很幸福嗎？」娜塔莉雅問。
「我？世界上再沒有比我更幸福的了！你還懷疑嗎？」
娜塔莉雅仰起頭。她蒼白而高貴的臉孔漾著熱情，在涼亭神祕的陰影中，在夜空微光的映襯下，顯得尤為美麗。
「那麼我告訴你，」她說，「我屬於你。」
「噢，天哪！」羅亭輕呼。
娜塔莉雅扭身走開了。
羅亭又站了一會兒，然後慢慢走出涼亭。月光投在他的臉上，他的嘴角浮現出一抹微笑。
「我很幸福，」他輕聲說，「是的，我很幸福。」他重複著，彷彿要讓自己確信。
他伸直身子，把頭髮甩至腦後，兩手快樂地揮舞著，邁開大步走進花園。
此時，紫丁香涼亭的灌木叢被輕輕撥開，潘達列夫斯基走了出來。他小心翼翼地環顧四周，搖了搖頭，撇起嘴，若有所思地說：「原來如此，必須要告知達爾雅·米哈伊羅夫娜啊。」然後他便消失了。

8

沃倫塞夫回到家，神情沮喪，心灰意冷，無精打采地回答了姊姊的問話後，便將自己鎖在房間裡，急得他姊姊立刻派人送信給列日涅夫。她時常在遇到難處時求助於他。列日涅夫回話說第二天過來。

第二天早晨，沃倫塞夫仍是鬱鬱不樂。早茶過後，他原想去監管田莊事務，但還是留在家裡，躺在沙發上看起書來——這對他可不是常有的事。沃倫塞夫對文學並無興趣，詩歌只會令他不安。「這就像詩一樣令人費解。」他時常這樣說。為了證明他的話，他總是引用一位俄國詩人的詩句：

「直到他黯淡的一生結束，
理智和驕傲的經驗，
都未能捻碎或揉皺命運
浸紅的勿忘我花。」

亞歷珊卓．巴甫洛夫娜坐立不安地看著弟弟，但沒多問。一輛馬車停在門前。

「啊！」她想著，「列日涅夫總算來了，謝天謝地！」

僕人進來通報說是羅亭來了。

沃倫塞夫把書扔到地上，抬起頭。「誰來了？」他問。

「羅亭，德米特里．尼古拉耶伊奇。」僕人重複了一遍。沃倫塞夫站起身。

「請他進來，」他說。「姊姊，」他轉向亞歷珊卓．巴甫洛夫娜說，「請你迴避一下。」

「為什麼？」她問。

「我自有道理，」他急躁地打斷她，「請你離開。」

羅亭進來了。沃倫塞夫站在房間中央，冷淡地一點頭，並沒伸出手。

「承認吧，你沒料到我會來。」羅亭說著把帽子放在窗台上。他的嘴唇微微發顫，竭力掩飾著侷促與尷尬。

「是的，我沒想到你會過來，」沃倫塞夫回答，「昨天那件事之後，我倒是以為會有人替你送口信來。」

「我懂你的意思，」羅亭說著坐了下來，「很高興你這樣率直，這樣便好辦了。我看你是個端正體面的人，所以親自登門拜訪。」

「這些客套就免了吧？」沃倫塞夫說。

「我想向你解釋我所來何故。」

「我們彼此相識，你為何不能來？再說，你也不是初次光臨。」

「我來，是一個體面的人拜訪另一個體面的人，」羅亭重複道，「現在我想請你給予公正的評斷……我完全信任你。」

「怎麼了？」沃倫塞夫問。他仍站在原地，帶著慍怒地盯著羅亭，不時地拈一拈臉上的短髭。

「請允許……我來是要向你解釋，當然，也不是幾句話就能說明白的。」

「為什麼不能？」

「事情牽涉到第三者。」

「誰是第三者？」

「謝爾蓋．巴甫里奇，你明白我的意思。」

「德米特里．尼古拉耶伊奇，我一點也不明白。」

「你最好……」

「你最好直截了當地說出來！」沃倫塞夫插話道。

他當真動了氣。

羅亭皺起眉。

「既然……現在只有你我二人，我應當告訴你……雖然你大概早已猜到（沃倫塞夫不耐煩地聳了聳肩）我得告訴你，我愛娜塔莉雅，並且也有權利相信她也愛我。」

沃倫塞夫瞬時臉色刷白，但完全沒作聲。他走到窗前，背過身去。

「你懂的，謝爾蓋．巴甫里奇，」羅亭接著說，「倘若我不是確信……」

「說真的，」沃倫塞夫打斷他，「我絲毫也不懷疑……好吧！儘管愛吧！祝你好運！我只是奇怪你怎麼想出這個鬼主意跑來告訴我……這與我何關？你愛誰，誰愛你，關我什麼事？我簡直無法理解。」

沃倫塞夫依然凝視著窗外，聲音有些哽咽。

羅亭站起來。

「我要告訴你，謝爾蓋．巴甫里奇，為什麼我決定來找你，為什麼我認為沒有權利向你隱瞞……我和她之間的感情。我非常尊敬你……這就是我來這裡的原因；我不想……我們倆都不希望在你面前玩把戲。你對娜塔莉雅．阿列克謝耶夫娜的感情我早就知道……相信我，我並沒有妄想，我知道自己多麼不配取代你在她心中的位置。但如果命運註定如此，虛偽做作、欺誑蒙哄難道會更好些嗎？鬧出種種誤會，甚至發生昨晚宴席上那種事會更好些嗎？謝爾蓋．巴甫里奇，你說呢？」

沃倫塞夫雙臂交叉在胸前，好像在竭力克制自己。

「謝爾蓋．巴甫里奇！」羅亭繼續說，「我讓你痛苦，這我能感覺到……但是請理解我們……請理解我們無法以其他方式來證明我們對你的尊敬，證明我們珍視你的高尚與正直。坦白，完全的坦白，對別人或許不適合，對你卻是一種義務。很高興我們的祕密掌握在你手中。」

沃倫塞夫勉強笑了一聲。

「謝謝你對我的信任！」他大聲說，「不過，請你注意，我並不想知道你的祕密，也不打算向你透露我的祕密，雖然你似乎已經把它當作私人財產。但是請原諒，你說話的口吻似乎是代表了兩個人，所以我可以認為娜塔莉雅．阿列克謝耶夫娜是知曉你此次來訪以及此行的目的吧？」

羅亭微微一愣。

「不，我沒有把我的打算告訴娜塔莉雅．阿列克謝耶夫娜；但我想她會贊成的。」

「這一切都好極了，」沃倫塞夫停頓片刻，手指敲著玻璃窗說，「雖然我得承認你若對我少些尊敬倒要好得多。老實說，我根本不在乎你是否尊敬我。你現在究竟要我做什麼？」

「我什麼也不要……或者，不！我只有一個請求，請不要把我看作是一個背信棄義的偽君子，請了解我……我希望你現在不要懷疑我的誠意……我希望我們，謝爾蓋．巴甫里奇，像朋友般分手……你能像從前一樣，把手伸給我。」

羅亭走向沃倫塞夫。

「請原諒，閣下。」沃倫塞夫說著轉身倒退幾步，「我可以承認你的好意，這一切都很美好，甚至高尚，但我們只是普通人，吃的是五穀雜糧，跟不上你這種大思想家的思緒飛馳……你看來是真誠的，我們認為是傲慢虛偽、輕率無禮；對你而言是簡單明瞭的，對我們而言卻是複雜晦澀的；你要大肆誇耀的卻是我們諱莫如深的……讓我們怎麼理解你呢！請原諒，我既不能把你當作朋友，也不會伸手給你……這很小器，或許，但是我本就是個小器的人。」

羅亭從窗台上拿起帽子。

「謝爾蓋．巴甫里奇！」他憂愁地說，「告辭了。我想錯了，我的拜訪確實唐突冒昧……但我曾希望你……（沃倫塞夫擺出不耐煩的樣子）請原諒，我今後不會再提。回想之下也確實如此，你是對的，你也別無他法。再會，至少容許我再說一次，最後一次向你保證我的來意是單純的……我確信你會慎重對待。」

「這樣太過分了！」沃倫塞夫大聲喊道，氣得渾身發抖，「我從不要求你的信任，所以你也沒有權利指望我慎重！」

羅亭還想說什麼，但只是擺擺雙手，一鞠躬便出去了。沃倫塞夫則撲倒在沙發上，將臉對著牆壁。

「我可以進來嗎？」門外傳來亞歷珊卓·巴甫洛夫娜的聲音。

沃倫塞夫沒有立刻回答，偷偷地用手抹了抹臉。「不，薩沙，」他說，聲音聽起來有些異樣，「再等一會。」

半個小時後，亞歷珊卓·巴甫洛夫娜又來到門外。

「米哈伊羅·米哈伊里奇來了，」她說，「你要見他嗎？」

「好的，」沃倫塞夫回答，「請他到這兒來。」

列日涅夫走了進來。

「怎麼，你不舒服嗎？」列日涅夫問道，在沙發旁的椅子上坐下。

沃倫塞夫欠身靠住手肘，久久地注視著他的朋友，然後把剛才和羅亭之間的談話一字不落地告訴了他。此前他從未向列日涅夫暗示過自己對娜塔莉雅的絲毫感情，不過他猜想這對列日涅夫並不是祕密。

「好吧，老弟，你真讓我吃驚！」沃倫塞夫才講完，列日涅夫便馬上說道，「我料定他會做出異乎尋常的行為，不過這件事……我依舊能看出他這個人。」

「我發誓，」沃倫塞夫激動地喊道，「這簡直太無禮了！我幾乎要把他丟出窗外了。他來這裡是向我誇耀還是心中有愧？究竟是為了什麼？他怎麼會決心來看一個……」

沃倫塞夫雙手抱頭，不作聲了。

「不，老弟，不是這麼回事，」列日涅夫平靜地回答，「你不會相信，但他這樣做的確是一片好意。是的，的確如此。你看，這樣做既誠心誠意又率直磊落，而且還可趁此高談闊論一番，展現他的口才。當然，這正是他那種人需要的，否則就無法過活了。啊！他的舌頭是他的敵人，亦是他倚重的僕人。」

「你簡直無法想像，他走進來和我講話時的神態是多麼一本正經！」

「是啊，他不那樣就做不了事。即使只是扣上衣服鈕釦也好像在完成一項神聖的使命。我真想把他送到一座荒島上，暗地裡看他會怎麼辦。他還一直大談簡約樸實呢！」

「告訴我，親愛的朋友，」沃倫塞夫問，「這算什麼，是哲學還是其他什麼？」

「怎麼跟你說呢？從一方面看，我想這是哲學，而從另一方面看，又根本不是那麼回事。不能把任何荒唐愚蠢之舉都歸類為哲學。」

沃倫塞夫望著他。

「依你看，他當時在說謊嗎？」

「不，我的孩子，他並沒有說謊。不過我們談他也談夠了，不如點上菸斗，把亞歷珊卓．巴甫洛夫娜也請過來。有她在場，說話輕鬆些，不說話也輕鬆些。她還會替我們斟茶。」

「很好，」沃倫塞夫回答，「薩沙，請進來。」他高聲喊道。

亞歷珊卓．巴甫洛夫娜走進房間，他握住她的手，緊緊地貼在自己的唇上。

羅亭心緒不寧地回到房間，他對自己很氣惱，責備自己不可饒恕的魯莽與孩子氣的衝動。難怪有人曾說：沒有比意識到自己做了蠢事更難受的了。

悔恨吞噬著羅亭。

「是什麼讓我鬼使神差地去拜訪那位莊園老爺！」他咬牙切齒地自語道，「真是個糟糕透頂的主意！自取其辱！」

達爾雅．米哈伊羅夫娜家裡也有些異常。女主人整個早晨都沒有露面，也沒有出來吃午餐；據唯一被允許進入她房間的潘達列夫斯基說，她頭痛發作。至於娜塔莉雅，羅亭也幾乎沒見到，邦庫爾女士陪著她一直待在房間裡，後來在餐桌旁遇見時，她悲傷地望了他一眼，使得他的心沉到谷底。她的面容也變了，彷彿有場禍事昨天突然降臨到她身上。一種模糊的預感使得羅亭惴惴不安。為了排遣這種情緒，他便去找巴西斯托夫，和他談了許多，並且發現他是一個熱情高漲、意氣風發的青年，滿懷著熱烈的希望和不渝的信念。傍晚時分，達爾雅．米哈伊羅夫娜在客廳逗留了幾個小時，她對羅亭很客氣，卻又有幾分疏遠，她時而微笑，時而皺眉，說話帶著鼻音，而且多是話中有話，意有所指，全然是宮廷貴婦的作派。她似乎對羅亭冷淡了些。「這是個什麼樣的謎呢？」他思忖著，斜睨向她傲慢昂著的頭。

不用等太久，他便解開了這個謎。晚上十二點，當他沿著漆黑的走廊回到自己房間時，突然有人往他的掌心裡塞了一張紙條。他回身看到一個女孩正快步走開，似乎是娜塔莉雅的女僕。他回到房間，支走僕人，展開字條，讀著娜塔莉雅手寫的幾行字：

「請在明天早晨最遲不超過七點，到橡樹林旁的阿夫杜馨池等我。別的時間都不可能。這將是我們最後的會面，一切都將完結，除非……務必要來。我們必須做出決定。

又及：假設我未能出現，則意味著我們將不會再見；到時我會通知你。」

羅亭若有所思地凝視著字條，翻來覆去地讀了好幾遍，然後將它塞到枕下，脫了衣服躺下。他久久無法入眠，勉強睡了一會兒就醒來了。還未到五點鐘。

9

阿夫杜馨池，娜塔莉雅指定的碰面地點，早已不成其為池塘。三十年前堤岸潰崩後便荒廢了，只留下淺平泥裂的壑底和塘堤的殘跡，提醒著人們這裡曾經是個池塘。這附近原有間農舍，也早已不復存在，僅有兩株巨松留存了些許記憶。淒風永遠在松樹灰綠枯瘦的高枝頂端哀號。民間流傳著一個神祕傳說，在松樹腳下似乎發生過駭人聽聞的罪惡；人們還說，這兩株巨松無論哪株倒下，必定將有人死去；又說從前這裡還有第三株樹，有次在一場暴風雨中倒下來壓死一個女孩。這古老池塘附近據說常有幽靈出沒，這片荒地滿目蒼涼，即使在陽光晴好的日子裡，也顯得陰森幽暗；而鄰近那片早已枯朽的老橡樹林使得這裡益發鬼氣森森。幾株大樹好像疲憊的巨人般從低矮的灌木叢中聳出灰色的頭顱，彷彿一群陰險的老頭子聚在一起圖謀著什麼詭計，令人毛骨悚然。一條幾乎難以辨認的小路從近旁彎過。假如沒有特別要緊的事情，人們是不會走阿夫杜馨池這條路的。娜塔莉雅有意選擇這樣一個荒僻的地方，離達爾雅．米哈伊羅夫娜家不到半哩遠。

羅亭到阿夫杜馨池時太陽早已出來，可這並不是個晴朗的早晨。乳白色的積雲遮蔽了整片天空，風呼嘯著驅趕著濃雲。羅亭沿著塘岸長滿帶勾刺的牛蒡和斑黑腐爛的蕁麻走來轉去，心中忐忑。這些晤談、這些新的感情吸引著他，也折磨著他，尤其在讀了昨晚那張字條之後。他察覺到事情即將了結，內心暗自困惱，然而他決然地將手臂交叉於胸前，環顧著四周，任誰也看不出他懷著這番心事，難怪比加索夫有次說他就是尊中國泥像，總是頭重腳輕。但一個人單憑頭腦，無論怎樣聰敏，也難以搞清楚自己內心發生什麼變化……羅亭，聰明過人、洞悉一切的羅亭，亦無法肯定自己是否愛娜塔莉雅，是否感到苦惱，又是否會因為離開她而苦痛。既然他絲毫沒想做個薄情寡義的浪蕩子——這是要為他說句公道話——那麼為何他要去招惹那可憐少女的心呢？為何他會懷著隱密的戰慄等待著她呢？對此唯一的解答只能是：沒有比缺乏激情的人更不容易自持的了。

他在堤岸上踱著步，而娜塔莉雅正徑直穿過田野，踏著濡濕的草，急匆匆地向他奔來。

「娜塔莉雅．阿列克謝耶夫娜，你會把腳弄濕的！」女僕瑪莎在後面喊著，幾乎跟不上她。

娜塔莉雅沒有理她，頭也不回地向前跑著。

「啊，但願別讓人瞧見我們！」瑪莎大聲說著，「真沒想到我們能從家裡溜出來……邦庫爾女士可千萬別醒來……謝天謝地就快到了……啊，那位先生已經等在那裡了，」她突然發現羅亭挺拔的身軀正優雅地立在堤岸上，又補上一句，「他站在那高土堤上做什麼……該下到窪地裡才是啊。」

娜塔莉雅停下來。

「你在這兒等著，瑪莎，就在這棵松樹旁邊。」她說著向池塘走去。

羅亭迎上她，又突然驚愕地站住。他從未見過她這樣的神情。她的眉頭攏起，嘴唇緊閉，眼睛嚴肅地直望前方。

「德米特里．尼古拉耶伊奇，」她開始說，「我們不能浪費時間，我只能待五分鐘。我母親全都知道了。前天潘達列夫斯基看到我們，把我們約會的事告訴她。他一直是我母親的偵探。昨天母親把我叫了去。」

「天啊！」羅亭喊道，「這太糟糕了……你母親說了什麼？」

「她並沒有生我的氣，也沒有訓斥我，只是責備我太過輕率。」

「就這樣嗎？」

「是的，她還宣稱寧可看到我死也不讓我做你的妻子！」

「她真是這麼說的？」

「是的。她還說你也根本不想娶我，只是出於無聊才和我調情，她沒料到你竟是這樣的人。不過她說這也怪她自己不好，讓我和你太常見面……她說她相信我明理懂事，但這次卻讓她大為驚異……還有許多，我現在記不得了。」
娜塔莉雅用一種幾乎沒有語調的平板聲音一口氣說完。
「那你呢，娜塔莉雅．阿列克謝耶夫娜，你是怎麼回答她的？」羅亭問道。
「我怎麼回答她？」娜塔莉雅重複道，「你現在打算怎麼辦？」
「我的天啊，我的天！」羅亭說，「這太殘酷了！如此之快……如此突然的打擊！……你母親真是這般生氣嗎？」
「是的，是的，她連你的名字都不願聽到。」
「太可怕了！你認為沒希望了嗎？」
「沒有。」
「我們為什麼這麼不幸！那個可惡的潘達列夫斯基！你問我，娜塔莉雅．阿列克謝耶夫娜，我打算怎麼辦？我的頭在打轉……我什麼主意也拿不了……只能感受到我的不幸……很奇怪你竟然可以保持如此鎮定！」
「你以為我心裡好過嗎？」娜塔莉雅說。
羅亭開始在堤岸上來回轉。娜塔莉雅緊緊盯著他。
「你母親沒有問你詳情嗎？」他終於說道。
「她問我是否愛你。」

「哦……你怎麼說？」

娜塔莉雅沉默了片刻。「我說了真話。」

羅亭捧起她的手。

「無論任何情形，你永遠是這般寬厚，這般高貴！啊，少女的心……是純金的！難道你母親當真這般堅決地表態我們不能結婚嗎？」

「是的，斬釘截鐵。我已經跟你說了，她深信你也不想和我結婚。」

「那麼她是把我當作一個騙子了！我做了什麼要受到這種猜疑？」羅亭把頭埋進雙手裡。

「德米特里．尼古拉耶伊奇！」娜塔莉雅說，「我們快沒時間了，記得，這是我最後一次見你。我來這裡不是為了哭泣或訴苦，你看我並沒有流淚，我是來向你徵求意見的。」

「我又能給出什麼意見呢，娜塔莉雅．阿列克謝耶夫娜？」

「什麼意見？你是男人，我已習慣於信賴你，而且將信賴到底。告訴我，你打算怎麼辦？」

「我的打算……你母親可能會把我攆出去。」

「也許吧。她昨天告訴我要和你斷絕所有往來……可是你還沒有回答我的問題。」

「什麼問題？」

「你認為我們現在應該怎麼辦？」

「我們要怎麼辦？」羅亭回答，「當然只有屈從了。」

「屈從，」娜塔莉雅緩緩地重複了一遍，她的嘴唇發白。

「向命運屈從，」羅亭繼續說，「還能做什麼呢？我非常清楚這有多麼心酸，多麼痛苦，多麼煎熬。但是你自己想想，娜塔莉雅．阿列克謝耶夫娜，我是個窮人，固然我可以工作，不過即使我是有錢人，你又能否忍受與家庭的斷然決裂？能否忍受你母親的怒火呢？……不，娜塔莉雅．阿列克謝耶夫娜，這簡直不必想。顯然，我們命定不能在一起，我所夢想的幸福並不屬於我。」

娜塔莉雅突然用雙手掩住臉，哭了起來。羅亭走向她。

「娜塔莉雅．阿列克謝耶夫娜！親愛的娜塔莉雅！」他溫情地說，「別哭了，看在上帝的分上，請別折磨我，別傷心。」

娜塔莉雅抬起頭。

「你要我別傷心，」她說著，一雙淚眼閃閃發光，「我並不是為了你所想的那些而哭……我不為那些傷心；我傷心是因為我錯看了你……真想不到！我來是為了尋求你的意見，且是在這樣的時刻！而你的第一句話竟然是屈從！屈從！原來你就是這樣踐諾你所談的那些獨立、那些犧牲的。你那套高談闊論……」

她的聲音哽咽了。

「可是，娜塔莉雅．阿列克謝耶夫娜，」羅亭不知所措地說，「請記住……我並沒有違反我的話……只是……」

「你問我，」她振作起精神說，「當我母親宣稱寧可我死也不同意我跟你結婚時，我的回答是什麼；我對她說，我寧願死也不會嫁給別人……而你卻說，『屈從！』她一定是對的，你確實是因為無所事事，因為無聊，才來消遣我的。」

「我向你發誓，娜塔莉雅．阿列克謝耶夫娜……我向你保證……」羅亭辯解道。

但是她不要聽。

「為什麼你不阻止我？為什麼你自己反而……難道你從沒料想過會有阻礙嗎？我說出這些話實在羞愧……但好在現在這一切都已結束。」

「你得冷靜，娜塔莉雅．阿列克謝耶夫娜，」羅亭說，「我們必須要一起考慮……」

「你經常談到自我犧牲，」她打斷他，「但是你知道嗎，假如今天你立刻跟我說：『我愛你，但我不能跟你結婚，我對未來沒有把握。把你的手給我，跟我走吧』……你知道嗎，我必會跟你走；你知道嗎，我已經義無反顧！但是言談和行為還有很大距離，現在你害怕了，就像前天晚宴上你害怕沃倫塞夫一樣。」
羅亭瞬時漲紅了臉。娜塔莉雅突如其來的激情令他詫異，但是她最後那句話傷了他的自尊心。
「你現在太激動了，娜塔莉雅．阿列克謝耶夫娜，」他說，「你不明白這樣對我有多殘忍。我希望你終會公正待我，你會懂得我為放棄你所說的那種無須承擔任何責任的幸福付了多大的代價。你的安寧於我比這世上一切更為寶貴，否則我將會成為最卑劣之人，假如我要趁機……」
「也許吧，也許吧，」娜塔莉雅打斷他，「也許你是對的，我不知道自己在說什麼。以前我相信你，相信你說的每個字……但是從今往後，請思量你的言語，不要隨意衝口而出。我對你說『我愛你』的時候，我清楚那字眼的意義，我已做好一切準備……現在，我只感謝你給了我一個教訓……就讓我們告別吧。」
「看在上帝的分上，別再說了，娜塔莉雅．阿列克謝耶夫娜，我懇求你。我不該受到你的蔑視，我向你發誓。請你設身處地替我想一想，我要對你，也要對我自己負責任。如果我不是以我最誠摯的愛來愛你……天啊！我大可立刻提議要你和我一起私奔……你母親遲早會原諒我們……到那時……不過在考慮我自己的幸福之前……」
他住口了。娜塔莉雅對他緊盯不放的目光令他羞愧。

「你努力向我證明你是個正直的人，德米特里．尼古拉耶伊奇，」她說，「對此我並不懷疑，你的行為絕非為了個人利益得失；可是，難道我需要證實這點嗎？我是為這點而來的嗎？」

「我沒料到，娜塔莉雅．阿列克謝耶夫娜……」

「啊！你終於說出口了！是的，這一切你都未曾料到……你不了解我。不必不安……你並不愛我，而我也絕不勉強自己去愛任何人。」

「我愛你！」羅亭大聲說。

娜塔莉雅挺直身子。

「也許是的；但是你是怎樣愛我的呢？我記得你的每一句話，德米特里．尼古拉耶伊奇。你對我說：『沒有完全的平等就沒有愛。』……你於我而言，太高貴了；我配不上你……我受到懲罰也是活該。你還有更多值得你去做的事情。我將永遠忘不了今天……再見。」

「娜塔莉雅．阿列克謝耶夫娜，你要走了？難道我們要這樣分手嗎？」

他向她伸出手。她站住了。他懇求的語氣似乎令她有所動搖。

「不，」她終於說到，「我覺得內心有什麼東西破碎了……我跑來這裡，我發瘋似地跑來這裡和你說話；我得讓自己平靜下來。不該這樣，你自己說的，不該做這樣的事。天哪，我到這裡來的時候，內心已暗暗和我的家庭、和我的過往告別……然而結果呢？我在這裡見到了什麼人？……一個懦夫……你怎麼知道我不能忍受和我的家庭決裂？『你母親將不會同意……這太可怕了！』這就是我從你嘴裡聽到的一切。這就是你，是你嗎，羅亭？……不！再見了……啊！如果你真的愛我，此刻我是能感覺到的，這一瞬間……不，不，再見了！」

她飛快地轉過身，朝早已驚慌失措、頻頻向她打手勢的瑪莎奔去。

「畏縮的是你，不是我！」羅亭在娜塔莉雅背後大聲喊道。

她沒理會他，加快步伐穿過田野向家跑去。她順利回到自己的臥室，但是一跨進門檻就筋疲力盡昏倒在瑪莎的懷裡。

而羅亭仍在堤岸上站了許久。最後，他渾身一顫，步履緩慢地踏上那條小徑，靜靜地沿它前行。他深感羞愧……和被傷害。「是怎樣的女孩啊！」他想，「才十七歲！……不，我不了解她！……她是個出眾的女孩，有著何等堅強的意志！……她是對的，她應該得到比我對她更深厚的愛。我愛她嗎？」他問自己，「難道我已經無法再去愛了？一切就只能這樣結束了！在她面前我是多麼可憐與渺小啊！」一輛四輪馬車輕微的轔轔聲令羅亭抬起頭。列日涅夫一如既往地趕著他那匹小快馬迎面駛來。羅亭默默地向他點點頭，然後彷彿突然想起什麼似地轉到大路上，匆忙朝達爾雅．米哈伊羅夫娜家方向走去。

列日涅夫讓開路，望著羅亭的背影思忖了片刻，也撥轉馬頭趕回他昨晚留宿的沃倫塞夫家。他見沃倫塞夫還在睡，吩咐僕人不要把他叫醒，自己就在陽台坐下，抽起菸斗等著茶喝。

10

沃倫塞夫十點鐘起床，得知列日涅夫正坐在陽台，十分詫異，便吩咐人請他進來。

「發生什麼事情？」他問，「你不是要趕車回去嗎？」

「是的，我原本要回去，但是遇見了羅亭……他一個人在田野裡晃著，一副心煩意亂的樣子。於是我立刻折了回來。」

「你是遇到了羅亭才折回來的？」

「是這樣……不過說實在的，我也不知道自己為何要回來，也許因為惦記著你，想多陪你一陣，離需要回家的時間還早。」

沃倫塞夫苦笑了一下。

「是啊，現在大家一想到羅亭就不能不想到我……來人啊！」他尖聲喊道，「上茶。」

兩位朋友開始喝茶。列日涅夫談起田莊經營的事情，提到一種用紙造穀倉頂的新方法……

沃倫塞夫突然從椅子上一躍而起，狠命地一拳頭擂上桌面，震得杯碟哐啷直響。

「不！」他大聲說，「我已經忍無可忍了！我要找這個聰明的傢伙決鬥，讓他一槍射死我……要麼就讓我用一顆子彈打穿他那顆裝滿學問的腦袋！」

「你這是在說什麼？別這樣！」列日涅夫咕噥著，「你怎麼可以這樣大呼小叫？嚇得我把菸斗都弄掉了……你怎麼了？」

「怎麼了？我一聽到他的名字就無法冷靜，渾身血液都要沸騰了！」

「行了，我親愛的朋友，行了！你不覺得羞恥嗎？」列日涅夫接著說道，從地上拾起他的菸斗，「算了，隨他去罷！」

「他侮辱了我，」沃倫塞夫在房間裡來回走著繼續說道，「是的！他侮辱了我。你得承認這點。起初我還沒覺察，他的行為出其不意，可誰能料到他會來這一手呢？不過我要讓他明白，別想把我當傻瓜耍……我要射穿這個該死的哲學家，就像殺掉一隻鷓鴣那樣！」

「那樣你就可以大獲全勝了，是吧！且不說會連累你姊吧，我知道你現在怒火中燒……哪裡會顧得上姊姊！至於另一位當事人……怎麼，你以為殺了那位哲學家，你就有機會了嗎？」

沃倫塞夫頹然跌坐回椅中。

「那我必須離開！在這裡我的心快被苦痛壓垮了，完全無計可施。」

「離開……那是另一回事！我倒也贊成。你可知道我還有什麼提議嗎？我們一起走……到高加索去，或者只是到小俄羅斯去吃碗麵疙瘩。這是極好的主意，親愛的朋友！」

「是的，可誰留在這裡陪姊姊呢？」

「為什麼亞歷珊卓．巴甫洛夫娜不能跟我們一起去呢？我敢肯定，那將是最美妙不過的！至於伺候她這件事……就讓我來吧！一定照顧周全。如果她願意，我會每天晚上請人在她窗下哼唱小夜曲，我會給馬車夫灑上花露水，沿途插滿鮮花。而你我將面目一新，親愛的朋友；我們要盡情享受，吃得大腹便便，足以抵抗任何愛情的暗箭！」

「你真會說笑話，米沙！」

「我沒說笑，這是你的絕妙主意！」

「不，別胡扯！」沃倫塞夫又嚷了起來，「決鬥，我要和他決鬥！」

「又來了！你今天火氣太大了！」

一個僕人拿著一封信走進來。

「誰的信？」列日涅夫問。

「羅亭，德米特里．尼古拉耶伊奇。拉蘇斯基府上的僕人送來的。」

「羅亭的？」沃倫塞夫問，「給誰的？」

「給你的。」

「給我的！……拿來。」

沃倫塞夫奪過信，迅速扯開信封，讀了起來。列日涅夫目不轉睛地望著他，一種奇怪、幾乎是驚喜的表情浮上他的臉；然後，他垂下雙手。

「寫了什麼？」列日涅夫問。

「你看。」沃倫塞夫低聲說，把信遞過去。

列日涅夫接過信來看。這就是羅亭寫的信：

「閣下——

今天我將離開達爾雅．米哈伊羅夫娜家，永遠離開。這當然會使你驚訝，尤其在經歷了昨天的事情之後。我不能向你解釋我究竟為何要這樣做；但我認為應該將此事相告。你不喜歡我，甚至把我視為卑鄙小人，我並不想為自己辯解；時間將會替我辯白。在我看來，試圖向一個懷有成見的人證明他的成見失之偏頗是極不體面也毫無益處的。願意理解我的人自會原諒我，不願或不能理解我的人，他的責備於我又何傷？我錯看你了。在我心目中，你仍然是一位高貴正直的人，但我曾以為你是優於自身成長環境的。我錯了。那又有何辦法？這已不是初次，也不會是最後一次。我再向你說一遍，我要離開了，祝你幸福。請承認這祝願並無任何私心，我希望你今後幸福。也許隨著時間流轉，你會改變對我的看法。今後我們是否會再見，我不知道，但是不管怎樣我都衷心地祝福你。

德‧羅

又及，欠你的兩百盧布待我回到T省田莊時會如數寄還。也懇求你萬勿向達爾雅‧米哈伊羅夫娜提及此信。

再及，一個最後的也是重要的請求，既然我要離開了，希望你不會在娜塔莉雅‧阿列克謝耶夫娜面前言及我上次的來訪。」

「好吧，你怎麼看？」列日涅夫讀完信，沃倫塞夫便立刻問他。

「有什麼好說的？」列日涅夫回答，「只能像回教徒那樣高喊『阿拉！阿拉！』，然後瞠目結舌地坐著……能做的也就這麼多了。好吧，總算擺脫了！不過奇怪的是，他把寫這封信視為自己的『義務』，而他來找你也是基於某種『義務』……這些先生每走一步都不忘義務，他們總是肩負著義務……或者說債務。」列日涅夫微笑著指著信後的附言補充了一句。

「看他說得多麼冠冕堂皇！」沃倫塞夫高聲說，「什麼他錯看了我，什麼他以為我優於他人，都是胡說八道！天哪！簡直比詩還要糟糕！」

列日涅夫沒有回答，但他的眼睛笑彎了。沃倫塞夫站起身。

「我要到達爾雅・米哈伊羅夫娜家去，」他說道，「我要去問問究竟是怎麼回事。」

「且慢，親愛的孩子；等他離開之後再說。何必再和他照面呢？看來他就此消失了，你還要怎樣呢？最好去躺下稍睡片刻；昨晚你大概一整夜都輾轉難眠吧。不過所有問題都將迎刃而解了。」

「你有何依據？」

「噢，我認為如此。快，去睡一覺吧。我去看你姊姊，陪她一陣。」

「我根本不想睡覺。睡著做什麼？我寧可去田裡走走。」沃倫塞夫說著披上了外衣。

「好吧，這樣也好，散散步，看看地……」

列日涅夫便去找亞歷珊卓．巴甫洛夫娜，他在客廳見到她，她熱情地歡迎他。他的到來向來令她高興，但她的臉色仍有些擔憂。羅亭昨日的來訪讓她很不安。

「你從我弟那邊來的嗎？」她問列日涅夫，「他今天怎樣？」

「很好，他到田裡去了。」

亞歷珊卓．巴甫洛夫娜沉默了半晌。

「請告訴我，」她開始說道，眼睛凝視著手帕的邊緣，「你是否知道為什麼……」

「為什麼羅亭到這裡來？」列日涅夫接著她的話說，「我知道，他是來辭行的。」

亞歷珊卓．巴甫洛夫娜抬起頭。

「什麼，來辭行！」

「是的，難道你沒聽說？他要離開達爾雅．米哈伊羅夫娜家了。」

「他要離開了？」

「永遠離開；至少他這麼說。」

「但是，請你解釋一下，畢竟……」

「哦，這是另一回事！有些無從解釋，但事情就是如此。他們中間一定發生了什麼。他把弦繃得太緊……於是弦就斷了。」

「米哈伊羅．米哈伊里奇！」亞歷珊卓．巴甫洛夫娜說，「我一點也不明白，你是在捉弄我吧？」

「句句屬實！我告訴你，他要離開了，甚至還寫信通知朋友們。我想從某個角度看，這倒也不是壞事；不過他這一走，卻讓我和你弟剛剛談起的一個驚人計畫落了空。」

「怎麼回事？是什麼計畫？」

「是這樣的，我建議你弟和我一起去旅行散散心，你也一道去。由我來負責照料你……」

「那真是妙極了！」亞歷珊卓．巴甫洛夫娜喊道，「我能猜想到你怎樣來照料我，瞧著吧，你肯定會把我餓死的。」

「你這麼說，亞歷珊卓．巴甫洛夫娜，是因為你不了解我。你以為我是個十足的呆瓜，一塊榆木疙瘩；但你可知道我可以像糖一樣慢慢融化，也可以膝蓋跪在地上一整天嗎？」

「我倒真想看看呢！」

列日涅夫突然站起身，「那麼，嫁給我，亞歷珊卓．巴甫洛夫娜，你便可以看見了。」

亞歷珊卓・巴甫洛夫娜瞬時臉紅到了耳根。

「你這是在說什麼，米哈伊羅・米哈伊里奇？」她羞窘地喃喃著。

「我想說這句話很久了，」列日涅夫回答，「已經在我舌尖上打了上千個轉。我現在終於說出口了，你看著辦吧。不過我會先走開，不讓你為難。如果你願意做我的妻子……我這就出去……如果你並不反對，只要派人去喊我進來；我就會明白了……」

亞歷珊卓・巴甫洛夫娜想留住列日涅夫，但是他旋即走進了花園，連帽子都沒戴。他斜倚著一扇矮門，環顧四周。

「米哈伊羅・米哈伊里奇！」他背後傳來女僕的聲音，「請你到夫人那裡去。她吩咐我來請你。」

米哈伊羅・米哈伊里奇轉過身，雙手捧住這女孩的臉，出乎意料地吻了她的前額，然後便奔去亞歷珊卓・巴甫洛夫娜那裡了。

11

羅亭碰見列日涅夫之後立刻返家，把自己關在房裡，寫了兩封信；一封給沃倫塞夫（讀者已經看過了），另一封給娜塔莉雅。第二封信他花了很長的時間，反覆斟酌塗改，然後仔細謄寫到一張精美的信箋上，摺得極小再放進口袋。他憂心忡忡地在房間裡來回踱步，然後坐到窗前的一張椅子上，一隻手臂支著身子，眼眶慢慢淌出淚水。他站起來，把衣服扣好，叫僕人去問達爾雅・米哈伊羅夫娜一聲，現在能不能過去見她。

僕人很快回報說達爾雅・米哈伊羅夫娜請他過去。羅亭便到她那裡去了。她在書房接待他，正是兩個月前第一次接待他的地方。只是現在她不是一個人，潘達列夫斯基正精神奕奕地坐在她身旁，始終是一副謙遜、整潔、討人喜歡的樣子。

達爾雅・米哈伊羅夫娜很客氣地迎接羅亭，羅亭也很客氣地向她行禮；但是只消瞥一眼他們臉上的笑容，再沒經驗的人也都曉得他們之間心存芥蒂，儘管沒人提起。羅亭知道達爾雅・米哈伊羅夫娜在惱他，而達爾雅・米哈伊羅夫娜則猜想他現在應該一切都知曉了。

潘達列夫斯基的告密使她大為不悅，這冒犯了她上流社會的傲氣。羅亭，一個既無財產又無官階的無名小卒，竟敢同她的女兒——達爾雅．米哈伊羅夫娜．拉蘇斯基的女兒私下約會！

「就算他聰明過人，天資卓越，」她說，「那又算得了什麼？那樣的話，不是隨便誰都可以妄想做我的女婿嗎？」

「我好久都不敢相信自己的眼睛，」潘達列夫斯基插了一句，「我很訝異他竟不明白自己的身分！」

達爾雅．米哈伊羅夫娜非常激動，娜塔莉雅也被她折磨著。

她讓羅亭坐下。他坐下來，但不再是以往幾乎把持整個家庭的羅亭了，甚至連一個老朋友都不是，而只是一位客人，一位不太親密的客人。這一切都在頃刻間發生……一如水瞬時結成冰。

「我來找你，達爾雅．米哈伊羅夫娜，」羅亭開口道，「是為了感謝你的盛情款待。今天從我那座小田莊送來一封信，讓我必須即刻趕回去。」

達爾雅．米哈伊羅夫娜目光灼灼地盯著羅亭。

「他倒是先發制人，肯定是猜到了，」她思忖著，「也罷，免得我還要費一番唇舌，再好不過了。欸！到底還是個聰明人！」

「當真？」她大聲回答，「啊！這太掃興了！可又有什麼辦法呢。希望今年冬天可以在莫斯科見到你。我們不久也要離開這裡了。」

「達爾雅．米哈伊羅夫娜，我不知道能否到莫斯科，不過，若我辦得到，一定專誠到府上拜訪。」

「啊哈，我的好先生，」潘達列夫斯基不由想到，「不久前你還在這裡煞有介事，像個主人一般，可是現在得這樣講話了。」

「想必你從家裡得到的消息不盡如人意吧？」他用慣常的腔調拖著長音說。

「是的。」羅亭乾巴巴地回答。

「是收成不好嗎？」

「不，是別的事。相信我，達爾雅．米哈伊羅夫娜，」羅亭接著說，「我永遠不會忘記在你府上的這些日子。」

「德米特里．尼古拉耶伊奇，我也會時常愉快地回想起與你的交往。你何時啟程？」

「今天，午飯過後。」

「這麼倉促！……好吧，祝你旅途順利。不過，如果你的事情不會耽擱太久，也許還能回來見到我們。」

「恐怕會趕不及，」羅亭回答著，站起身來。「請原諒，」他補充道，「我現在無法歸還欠你的錢，不過等我一到家就……」

「你在說什麼啊，德米特里．尼古拉耶伊奇！」達爾雅．米哈伊羅夫娜打斷他，「你怎麼好意思說這話！現在幾點了？」她問。

潘達列夫斯基從背心口袋裡掏出一只琺瑯金表，將紅潤的面頰抵住堅挺的白色硬領，仔細地看了時間。

「兩點三十三分。」他說。

「該去梳妝了，」達爾雅．米哈伊羅夫娜說，「那麼再見了，德米特里．尼古拉耶伊奇！」

羅亭站起身。他和達爾雅．米哈伊羅夫娜之間的談話由始至終都沾著一種特別的味道，就像演員重複他們的台詞，外交官互換彼此字斟句酌的言辭一樣。

羅亭走了出去，憑經驗知道上流社會的男女不會與人當面決裂，哪怕是對待不再需要的人。他們只是把他隨手一扔，就像是對待舞會後的手套、包糖果的紙片，還有沒中獎的彩券那樣。

他匆忙收拾好行李，不耐煩地等待著動身的時刻。聽聞他打算離開，大家都頗感意外，連僕人們也困惑不解地看著他。巴西斯托夫毫不掩飾他的悲傷。娜塔莉雅顯然在閃避羅亭，她極力不去看他，但他還是成功地把信送到了她手中。飯後達爾雅．米哈伊羅夫娜再次提起希望去莫斯科前能夠再見到羅亭，但他並沒回應。潘達列夫斯基和他交談得比誰都多，羅亭不止一次想要撲上去在他那紅光滿面的臉龐上摑一耳光。邦庫爾女士不時將她特有的詭祕眼神瞟向他，這種神色有時候也會出現在老獵犬的眼中。

「啊哈！」她像是在自說自話，「這回你可是活該！」

終於，時鐘敲了六響，羅亭的馬車停在門口。他和大家匆匆告別，情緒惡劣到了極點。他從未料到會這樣離開這棟房子，好像被人攆走一樣。「怎麼會走到這步田地？這般倉促又是為何？不過也唯有如此。」當他跟大家強作笑顏點頭告別時，心裡這麼想著。他最後一次望向娜塔莉雅，心中一陣悸動；她凝視著、與他訣別的目光裡充滿著悲傷與責難。

他快步走下台階，跳上馬車。巴西斯托夫請求送他到下個驛站，坐去了他的身邊。

「你還記得嗎，」馬車才駛出庭院拐上縱樹夾道的大路時，羅亭便說道，「你還記得唐．吉訶德離開公爵夫人的宮殿時對他的隨從所說的話嗎？『自由』，他說，『我的朋友桑丘，自由是人最寶貴的財產，能得到上天賜予的一塊麵包而無須感恩戴德的人，是有福的！』唐．吉訶德那時所體味的，我現在也體味到了……上帝賜恩，我親愛的巴西斯托夫，願你有朝也能體驗到這種感受。」

巴西斯托夫緊握著羅亭的手，這位誠實青年的心深受感動，劇烈地跳動起來。往驛站的路上，羅亭一直談論人的尊嚴，談論真正獨立自由的意義。他的話崇高、熱情且正直。分離的時刻，巴西斯托夫忍不住地撲過去抱住他的脖子抽噎起來。羅亭自己也落淚了，但並不是因為要和巴西斯托夫分別，而是自尊受傷的淚水。

娜塔莉雅回到自己房間，讀著羅亭的信：

親愛的娜塔莉雅・阿列克謝耶夫娜，我決定離開了。除此之外，我別無選擇。我決定在未被明確驅趕之前主動離開。我走後，種種誤會將會消散，也未必有人會惋惜我的離去。我還指望什麼呢？……事情便是如此。那我為何要寫這封信給你呢？

我就要離開你了，這很可能將是永別。如果我在你心中留下比事實中的我較惡劣的記憶，於我會太過痛苦，這就是我要寫信給你的原因。我並非要替自己辯解，也不想責備別人；我只想在可能的範圍內盡可能地做出解釋……最近幾天的事情發生得太出乎意料，太突然……

我們今天的會面於我將是永遠銘記的教訓。你說得對，我不了解你卻自以為了解！我一生中來往過各色各樣的人，認識許多婦人和年輕女孩，但是遇見你，才是第一次遇見完全誠實、正直的心靈。我感到不習慣，不知道要如何恰當地對待。我們相識的第一天，我就被你吸引了；這或許你也有所察覺。我和你一起度過了許多時光，卻沒能了解你，甚至沒有試圖去了解你——可我竟然以為自己愛上了你！為了這個過錯，我現在已受到懲罰。

曾經，我愛過一個女人，她也愛我。我對她的感情很複雜，她對我也一樣。不過，正因為她自己並不單純，這樣於她倒也好些。那時我不懂什麼是真正的愛情，而現在當它呈現在我面前時，我還是渾然不知……等到我最終認出它時，為時已晚……過去的事已無可挽回……我們的生命本有可能結合，現在卻永無希望了。我如何才能向你證明我也能真正地愛你——由衷之愛而非想像之愛？連我自己也不知是否具有這種愛的能力！

自然賦予我很多，我非常知曉這一點，也不在你面前故作謙遜，尤其是在我如此痛苦、如此羞辱的時刻……是的，天賦賜予我很多，但我卻將一事無成地死去，虛擲了才華，未能留下任何痕跡。我所有的財富都將白白浪費，我看不到我所播下的種子開花結果。我缺少某些東西，我自己也無法確切說出究竟缺少什麼……沒有這個東西我將無法打動人心，也無法完全贏得女人的愛；僅僅控制人們的頭腦是不牢靠且無益的。我的命運奇特，近乎滑稽，我想要為偉大事業獻出自己——亟不可待地，全身心地——然而我卻做不到。也許到頭來我會為了什麼連自己都不相信的荒唐事而把自己犧牲掉……天哪！到了三十五歲還打算幹一番事業！……

我從未向任何人這樣袒露心跡——這是我的懺悔：

關於我自己談得夠多了，我想談談你，給你一些建議；除此之外，我已力所不及……你還年輕；但無論你活多久，都請你永遠忠於內心的感覺，不要受制於自己或他人的理智。相信我，生活愈簡單愈狹窄愈好；重要的不是找尋生活上的新意義，而是讓生命的每個階段都及時地臻於完美。「在青年期像個年輕的人有福了。」不過我發現這個忠告倒更適用於我自己而不是你。

我承認，娜塔莉雅·阿列克謝耶夫娜，我非常難過。對於我在達爾雅·米哈伊羅夫娜心中所引發的感情的性質，我從未保持任何奢望；但我曾希望是至少找到了一個暫時棲身之所……現在我又要浪跡天涯了。對我而言，還有什麼能取代你的談話，你的身影，你關注而智慧的眼神呢？……我自己難辭其咎；但你也得同意命運似乎在故意作弄我們。一星期之前，我自己都尚未察覺我愛你。前天晚上，在花園裡，我第一次聽到你說，……然而，既然我今天就要走了，屈辱地離開，再重提你那時所言又有何用呢？在和你進行了那場殘酷的交談後，我已不抱任何希望……你還不知我對你有多麼負疚……我身上有種愚蠢的衝動，滔滔不絕的惡習。但現在提這些幹什麼呢？我即將永遠地離開。

（羅亭本來在這裡告訴了娜塔莉雅他去見沃倫塞夫的事，但轉念一想又塗掉了，而在給沃倫塞夫的信上添了第二個附啟。）

我孤身留在這世上是為了獻身於更適合我的事業，正如今天早晨你對我尖刻的諷刺那般。天哪！假如我真能為這些事業獻身，假如我最終能克服惰性……但是，不！我將永遠是那個和從前一樣半途而廢的人……只要遇到一個障礙……我就會徹底崩潰；我和你之間的經歷就是證明。假如我是為將來的事業和我的使命犧牲了愛情，也罷了；而我卻只是畏怯承擔落在身上的責任。所以，確實，我配不上你。我不值得你為了我而脫離你的環境……不過，這一切或許是最好的安排。經歷了這番考驗，我也許會變得更堅強、更純潔些。

祝你幸福。再見！偶爾想到我罷，希望你今後仍能聽到我的消息。

羅亭

娜塔莉雅把信擱在膝上，一動不動地坐了好久，眼睛望著地面。這封信比任何能想到的依據都更清楚地向她證實她是對的：今天早晨她和羅亭分開時，曾不由自主地喊出他不愛她！但這並不能使她寬慰些。她怔怔地坐著，彷彿黑暗的波濤從四面八方湧向她的頭頂，而她則木然地沉入冰冷的海底。初戀的幻滅對任何人都是痛苦的，而對於一個真誠、不願自欺欺人、不識輕率和誇大的靈魂而言，幾乎是不堪忍受的。娜塔莉雅憶起兒時，傍晚散步的時候，她總愛朝落日的方向走去，因為那邊的天空有晚霞餘暉；她要背對黑暗的那一邊。而現在，生活在她面前坍塌成一片黑暗，她將永遠背對光明……

娜塔莉雅的眼中噙滿淚水。可淚水並不時常伴隨著安慰。當眼淚在心中壓抑了許久之後終於傾瀉而出——起初急遽，然後愈來愈輕鬆、愈來愈柔和，這種眼淚是舒心有益的，難言的痛楚也隨之消解……但是也有一種冰冷的淚水，它慳吝地從悲痛沉重的心底一滴一滴擠出來，不給人安慰，也不令人輕鬆。貧窮就會使人流出這樣的淚水；未曾流過這種淚水的人算不上不幸。娜塔莉雅在這天嚐到了它的滋味。

兩個鐘頭過去了，娜塔莉雅重新打起精神，站起身擦乾眼淚，點燃一支蠟燭，將羅亭的信燒掉，又把灰燼丟出窗外。然後她隨手翻開普希金的詩集，讀了首先映入眼簾的那幾行詩句（她時常用他的詩來卜卦）。這幾行詩是：

感受過它的痛楚，
往事之靈不再煎熬，

幻影消散，唯餘悔悟

與記憶之蛇啃噬心魂。

她站立了一會，帶著冷冷的微笑對著鏡子微微一點頭，便下樓到客廳去。

達爾雅・米哈伊羅夫娜一見到她便把她帶到書房，讓她坐在自己身旁，愛撫地摸摸她的臉頰。同時又留神地、幾乎是好奇地注視著她的眼睛。達爾雅・米哈伊羅夫娜內心暗自困惑，她第一次發覺自己實際上並不了解女兒。當她從潘達列夫斯基口中聽說女兒和羅亭幽會時，與其說惱怒，不如說是對她那懂事的娜塔莉雅竟然會做出這等舉動而大為驚詫。但是當她把女兒喊來並開始責備時——她全然不像一位有聲望的歐洲貴婦，而盡是聲嘶力竭、言辭粗俗的辱罵——娜塔莉雅堅定的回答、其目光與舉止顯露出的決心，讓達爾雅・米哈伊羅夫娜茫然失措，甚至感到害怕。

羅亭不明就裡地突然離開，讓她心頭如釋重負，她猜想女兒會失聲痛哭、歇斯底里……但娜塔莉雅鎮靜的表現再次令她大惑不解。

「好吧，孩子，」達爾雅・米哈伊羅夫娜開口道，「你今天好嗎？」娜塔莉雅看著母親。「你瞧，他走了……你的情人。你知道他為何如此倉促地決定離開？」

「母親！」娜塔莉雅低聲說，「我向您發誓，如果您不再提起他，您永遠不會從我的口中聽到他的名字。」

「那麼你承認對不起我了？」

娜塔莉雅低頭又說一遍：

「您永遠不會從我的口中聽到他的名字。」

「好，好，」達爾雅．米哈伊羅夫娜微笑著回答，「我相信你。但是前天，你還記得嗎……算了，不提了。一切都結束了，埋葬了，就忘記了罷。對嗎？來，你又是我原先的那個孩子了，不然我那時真被弄糊塗了。好，吻我，我的乖女兒！」

娜塔莉雅把達爾雅．米哈伊羅夫娜的手舉到唇邊，而達爾雅．米哈伊羅夫娜則吻了吻女兒低垂的頭。

「你要永遠聽話。別忘記你出身拉蘇斯基家族，是我的女兒，」她又說，「你將會幸福的。現在，去吧。」

娜塔莉雅默默地出去了。達爾雅．米哈伊羅夫娜望著她的背影，心想：「她像我……也容易迷戀，但她比較不放縱[52]。」達爾雅．米哈伊羅夫娜陷入沉思，回想起

52　原文為法文，"mais ella aura moins d'abandon"。

往事……遙遠的往事。

然後，她喚了邦庫爾女士過來，和對方關起房門談了許久。邦庫爾女士出去後，又叫來了潘達列夫斯基。她一心想找出羅亭離開的真正原因……而潘達列夫斯基終於使她完全滿意了，這便是他的用處所在。

第二天沃倫塞夫和他姊姊同來午餐。達爾雅・米哈伊羅夫娜待他一向客氣，這一次則特別親熱。娜塔莉雅感到痛苦難捱，但沃倫塞夫是這樣尊重她，這樣膽怯地與她說話，使她不能不從心底感激他。那一天過得很平靜，甚至有幾分乏味，但在分別的時候，大家都感覺回到常軌了；而這一點很重要，極其重要。

是的，大家都回到常軌了——唯獨娜塔莉雅例外。最後留她獨自一人時，她拖著沉重的腳步勉強爬上床，身心俱疲地把臉埋進枕頭。生活似乎是如此殘酷、如此可憎可鄙，她為自己、為自己的愛情、為自己的傷悲而羞愧。在這種時刻她寧願一死了之……今後還有許多哀傷的白晝，無眠的夜晚和折磨人的情感等待著她；她還年輕——生活幾乎才剛剛開始，而生活遲早會顯示出它的力量。一個人無論受到怎樣沉重的打擊，他當天或至多第二天——恕我說得粗鄙些——總要吃飯吧，而這就是慰藉的第一步了。

娜塔莉雅痛苦不堪，她第一次遭此苦痛……但最初的苦痛，就像初戀一般，是不

12

會再來一次的——感謝上帝！

約莫兩年過去了。又是五月上旬，不再姓麗比娜而改姓列日涅夫的亞歷珊卓・巴甫洛夫娜坐在屋前的陽台上。她嫁給米哈伊羅・米哈伊里奇已有年餘，嫵媚不減，只是近來豐盈了些。陽台前有幾級台階通向花園，奶媽正抱著一個嬰兒來回踱步。那嬰兒面頰紅潤，披著白色小斗篷，頭上戴著一頂白帽子。亞歷珊卓・巴甫洛夫娜不時望向他。孩子沒有哭，只是認真地吸吮著手指頭，安靜地看著四周。他的模樣表明他正是米哈伊羅・米哈伊里奇的兒子。

陽台上，靠近亞歷珊卓・巴甫洛夫娜坐著我們的老朋友比加索夫。自從我們和他分手以來，他的頭髮明顯地灰白了，人也變得佝僂而瘦削，他有一顆門牙掉了，講話帶著嘶聲，使他的話聽起來更加刻薄……歲月流逝，他的滿腔怨氣仍不減當年，只是不再鋒芒畢露，且經常重複一些老話。米哈伊羅・米哈伊里奇不在家，他們在等他回來喝茶。太陽已經西沉，日落的天邊，一道暗金色和檸檬黃的晚霞綿亙在地平線上方；對面的半邊天空，也鋪著兩道彩霞，下面一抹藍灰，上面一抹紫紅。浮雲在高空漸漸消散。一切都預示著明天仍會是個好天氣。

比加索夫突然笑出聲來。

「你笑什麼，阿夫里康．謝苗尼奇？」亞歷珊卓．巴甫洛夫娜問。

「噢，我昨天聽到一個農夫對著他正喋喋不休的老婆說：『別嘰嘰喳喳的！』我非常喜歡這句話。畢竟，女人又能談些什麼呢？你知道，我指的不是諸位。祖先比我們有智慧，在他們的故事裡，美人總是額角綴著一顆星，倚窗而坐，一聲不吭。女人就應該這樣。想想看吧！前天，村長的老婆像是朝我的腦袋開了一槍似地說她不喜歡我的傾向！傾向！要是大自然有什麼仁慈的法令突然褫奪了她使用舌頭的權利，豈非對她和大家更好嗎？」

「哦，你老是這樣，阿夫里康．謝苗尼奇：盡攻擊我們這些可憐的女人……你可知道這是一種不幸？真的，我替你可惜。」

「一種不幸！你何出此言？第一，依我看，世上只有三種不幸：冬天住冰冷的房子，夏日穿擠腳的鞋子，還有跟不能用殺蟲粉堵住嘴的哭鬧嬰兒同睡一間屋子；第二，我現在算是最心平氣和的人了，簡直可以作為典範！你看我的舉止多麼得體！」

「你舉止有度，無可挑剔！可昨天葉蓮娜．安東諾夫娜還和我抱怨你呢。」

「當真？她和你說了些什麼，能告訴我嗎？」

「她說你一整個早晨都不回答她的問話，只一個勁說『什麼？什麼？』，還故意尖聲怪調。」

比加索夫大笑。

「不過那是個好主意，你也同意吧，亞歷珊卓．巴甫洛夫娜？」

「實在令人欽佩！你怎麼能如此粗魯地對待女人，阿夫里康．謝苗尼奇？」

「什麼？你認為葉蓮娜．安東諾夫娜也算女人嗎？」

「那你認為她是什麼？」

「一面鼓，千真萬確，一面普通、拿槌子敲打的鼓。」

「哦，」亞歷珊卓．巴甫洛夫娜打斷他，趕忙改變話題，「聽說有件事該向你賀喜。」

「賀什麼喜？」

「你打贏了官司，格林諾夫斯基牧場判給你了。」

「是的，判給我了。」比加索夫陰鬱地說。

「這麼多年你都在爭取，現在到手了反而不滿意？」

「我跟你說，亞歷珊卓．巴甫洛夫娜，」比加索夫慢吞吞地說，「沒有比遲來的好運更糟糕、更有害的了。它不能給你任何滿足，反而剝奪了你的權利……罵人和詛咒天意的寶貴權利。是的，夫人，遲來的好運是殘忍又侮辱人的把戲。」

亞歷珊卓．巴甫洛夫娜只是聳聳肩。

「奶媽，」她喊道，「我想米沙該睡覺了，把他抱過來。」

於是亞歷珊卓．巴甫洛夫娜忙著照顧起兒子，比加索夫則口中唸唸有詞地走去陽台的另一頭了。

突然，在沿著花園路上的不遠處，米哈伊羅．米哈伊里奇趕著他那輛四輪馬車過來了。兩隻看家狗跑在馬前，一黃一灰，均是新近才豢養的。牠們不停地彼此吠咬，是對分不開的夥伴。一隻老巴哥犬衝出大門迎接牠們，牠張大嘴好像要吠，但結果只是打了個呵欠，友善地搖搖尾巴，轉身回來了。

「你看，薩沙，」列日涅夫遠遠地就朝妻子喊道，「我把誰帶來了！」

亞歷珊卓．巴甫洛夫娜一時認不出坐在丈夫背後的人。

「啊！巴西斯托夫先生！」她終於喊了出來。

「是他，」列日涅夫回答，「他給我們帶來了好消息！一會兒你就知道了。」

他把馬車趕進了庭院。

不多時，他和巴西斯托夫走上陽台。

「好啊！」他高喊著擁抱妻子，「謝廖沙要結婚了！」

「和誰？」亞歷珊卓．巴甫洛夫娜激動地問。

「當然是和娜塔莉雅。我們的朋友從莫斯科帶回這個消息，還有給你的一封信。你聽到嗎，米沙，」他抱過兒子接著說，「你舅舅要結婚了！你這個冷漠的小鬼，只會眨巴眼睛！」

「他想睡覺了。」奶媽說。

「是的，」巴西斯托夫走到亞歷珊卓．巴甫洛夫娜面前，「我今天從莫斯科回來，替達爾雅．米哈伊羅夫娜查看一下莊園的帳目。這是給你的信。」

亞歷珊卓．巴甫洛夫娜急忙拆開弟弟的信。信裡只有幾行字。他在狂喜中告知姊姊他已向娜塔莉雅求婚並得到了她本人和達爾雅．米哈伊羅夫娜的同意；他答應下次信裡寫得再詳細些，並向眾人遙寄他的擁抱和親吻。顯然，他是在一種心花怒放的狀態中寫下這封信的。

茶端上來了，巴西斯托夫坐下，問題如雨點般落在他身上。每個人，甚至連比加索夫在內，都為他帶來的消息感到高興。

「請告訴我，」列日涅夫也說道，「傳聞還有位科爾察金先生，那完全是無稽之談了？」

科爾察金是位英俊的青年，社交場合的一頭雄獅，自視甚高，目空一切；他的舉止莊嚴異常，彷彿並不是一個活人，而是公眾集資矗立的一尊雕像。

「哦，不，不完全是無稽之談，」巴西斯托夫微笑著回答，「達爾雅·米哈伊羅夫娜非常賞識他；可娜塔莉雅·阿列克謝耶夫娜連他的名字都不願聽到。」

「我知道他，」比加索夫插嘴道，「他是個雙料蠢人，譁眾取寵的蠢人，天啊！如果人們都像他那樣，那得懸賞多大一筆錢才能讓人應承活下去啊！」

「也許是的，」巴西斯托夫回答，「不過他在社交界的地位可是舉足輕重。」

「好吧，別管他了！」亞歷珊卓·巴甫洛夫娜高聲說，「隨他去吧！啊！我是多麼替我弟弟高興啊！娜塔莉雅呢，她快活嗎？她幸福嗎？」

「是的，她很平靜，同以往一樣。你是了解她的……不過她看似很滿意。」

黃昏在愉快而活躍的談話中過去了，大家坐下來共進晚餐。

「噢，說起來，」列日涅夫邊替巴西斯托夫斟拉斐特紅酒邊問道，「你知道羅亭在哪裡嗎？」

「現在我也不確定。去年冬天他到莫斯科暫住了一段時間，後來便隨家人去了辛比爾斯克。我和他通過一段時期的信，在最後一封來信裡他告訴我，他即將離開辛比爾斯克……但是沒說去哪裡。那之後就再也沒聽到他的任何消息了。」

「他會過得不錯！」比加索夫插嘴道，「也許正在什麼地方說教呢。那位先生無論在哪裡總會找到三兩個擁護者，瞠目結舌地聽著他講話，還會借錢給他。你等著瞧，他會在某個荒僻的角落死在一個帶假髮老處女的臂彎裡，而對方還堅信他是世界上最偉大的天才呢。」

「你也說得太刻薄了。」巴西斯托夫不悅地輕聲說。

「一點也不刻薄，」比加索夫回答，「反倒十分公允。依我看，他充其量是條寄生蟲，我忘記告訴你，」他轉向列日涅夫，接著說道，「我認識一位先生名叫泰爾拉霍夫，羅亭在國外曾和他一起。對！對！他告訴我關於羅亭的故事，你們無法想像……簡直是貽笑大方！值得注意的是，所有羅亭的朋友和仰慕者最終都成了他的敵人。」

「請你不要把我算在這類朋友之內！」巴西斯托夫激動地抗議道。

「哦，你……那是另一回事！我講的並不是你。」

「泰爾拉霍夫告訴你些什麼？」亞歷珊卓．巴甫洛夫娜問。

「他談了很多，我沒辦法完全記得。不過最精采的是羅亭的一段軼事。由於他在無休止的發展（思考）……這些先生總是在發展；別人只是吃飯和睡覺，可是他們連吃飯睡覺時也在發展。是這樣吧，巴西斯托夫先生？」巴西斯托夫沒有回應。「就這樣，由於羅亭源源不斷地發展，他通過哲學得到了一個結論，那就是，他該戀愛了。於是他開始物色一個配得上他這個驚人推論的愛人。命運對他展開了笑靨，他遇到一位十分美麗的法國女裁縫師。請注意，整樁故事都發生在萊茵河畔的一個德國小城。他開始去找她，並送她各種各樣的書籍，跟她高談大自然和黑格爾。你們猜這位女裁縫師心裡怎麼想？她還以為他是個天文學家。不過，你們知道，他的模樣生得不壞，又是個外國人，俄國人，當然……她就看上羅亭了。終於羅亭邀她約會，一次富有詩意的約會，在萊茵河上的一條小船上。法國女人答應了，她精心打扮，和他一同坐上小船出發了。他們在船上待了兩個鐘頭。你們以為他在這段時間裡幹了什麼？他只是撫摸著法國女人的頭，若有所思地凝視天空，三番兩次說他對她懷有一種父親般的慈愛。法國女人怒氣沖沖地跑回家。她後來便把整件事情告訴泰爾拉霍夫！就是這麼一位先生！」

比加索夫高聲大笑。

「你這個老憤世！」亞歷珊卓・巴甫洛夫娜忿然說道，「我可是益發相信即使是存心攻擊羅亭的那些人也說不出他有什麼不好。」

「說不出他有什麼不好？我的天！他一輩子靠別人過活，四處借錢……米哈伊羅・米哈伊里奇，毫無疑問，他也向你借過錢吧，對嗎？」

「聽我說，阿夫里康．謝苗尼奇，」列日涅夫神情嚴肅地說。「聽我說。你知道，我妻子也知道，上次羅亭在這裡時，我對他並沒有特別的好感，甚至還時常指責他。儘管如此，」列日涅夫往大家的酒杯裡斟滿了香檳，「我還是向大家提議，既然我們剛剛已經為我親愛的兄弟和他未來妻子的健康舉杯祝福了，現在我們也為德米特里．羅亭的健康乾杯吧！」

亞歷珊卓．巴甫洛夫娜和比加索夫驚訝地望著列日涅夫，而巴西斯托夫則睜大了眼睛，高興地漲紅了臉，渾身都震顫起來。

「我很了解他，」列日涅夫接著說，「也知曉他的缺點。這些缺點之所以格外顯眼是因為他本身並非平庸之輩。」

「羅亭有天才的性格！」巴西斯托夫喊道。

「天才，很有可能，」列日涅夫回答，「但是至於性格……這正是他的不幸，他毫無性格可言……不過這不是重點。我要談的是他身上好的、罕見的地方。他激情澎湃。請相信我這個十足冷淡的人，激情是我們這個時代最寶貴的品質。我們大家都變得難以忍受的理智、冷漠與怠惰；我們都沉睡了，麻木了，誰能喚醒我們，給予我們溫暖，哪怕只是一瞬間，我們也該感謝他！是時候了！你還記得吧，薩沙，有一次我對你談起他，曾經責備他的冷漠。那時我說對了，也說錯了。冷漠存在於他的血液裡……那不是他的過錯，冷漠並不在他的頭腦中。他不是我所說的戲子，也不是騙子，更不是無賴；他靠別人過活，不是行騙，而是因為他像個孩子。是的，毫無疑問，他的確會在什麼地方窮困潦倒地死去，難道我們因此就對他落井下石嗎？他從未有所建樹，因為他缺乏生命力，缺乏熱血；但誰又有權利說他毫無貢獻呢？他的言談難道不曾在年輕人的心靈中播下良好的種子嗎？大自然並沒有像對羅亭般地剝奪那些年輕人行動的力量和實現理想的才能，事實上，我自己首先就有過切身體驗……薩沙知道羅亭對我的青年時代有過怎樣的影響。我記得曾斷言羅亭的話語不可能對人們產生影響；但我那時所指的是像我這樣的人，像我這般年紀、已有閱歷且生活受挫的人，只要在言談中出現一個錯誤音符，在我們聽來整個和諧便被毀掉了；但是幸而，年輕人的耳朵還沒有那麼敏銳，沒有那麼挑剔，如果他認為聽到的內容是悅耳的，他還會在乎音準嗎？他自己會去調整音調的！」

「好極！好極！」巴西斯托夫高聲說，「這話說得公允！」至於羅亭的影響，我向你們發誓，他這個人不僅知道如何打動你，還會提升你，不許你止步不前；他會撩撥你的心弦，讓你激情燃燒！」

「你聽到了？」列日涅夫轉向比加索夫繼續說道，「你還需要什麼進一步的證明嗎？你總是攻擊哲學，一談到哲學，你就極盡輕蔑之能事。我自己對哲學並不熱中，也知之甚少，但是我們主要的不幸並不源自哲學！俄國人絕不會被哲學的吹毛求疵和空談所影響，他們太實際了；然而我們也不能容許以攻擊哲學為名來攻擊任何對真理和智識的真誠追求。羅亭的不幸在於他不了解俄羅斯，這當然是極大的不幸。俄羅斯可以沒有我們中間的任何人，但我們誰也不能沒有俄羅斯！世界主義純粹是一派胡言，世界主義者就是虛無，甚至比虛無還糟糕；沒有國家民族便沒有藝術，沒有真理，沒有生命，沒有任何東西。沒有個人特徵就不可能有一張理想的臉孔，只有粗鄙的臉孔才沒有特徵。但是我要再說一次，這不是羅亭的過錯；這是他的命運，殘酷而多舛的命運，我們絕不能因此而怪罪他。假如要追究羅亭這類人是如何在我們中間冒出來的，那就會離題太遠。就讓我們感激他身上的好品質吧，這比不公正地待他要令人愉快些，而我們向來待他是不公正的。懲罰他不是我們的事，也沒有必要；他已經比他應受的更為嚴酷地懲罰了自己。上帝保佑，願不幸可以滌盡他身上的缺點，只留下優點！我為羅亭的健康乾杯！我為我最美好年華時的同伴乾杯！我為青春，為青春所擁有的希望、努力、信念和真誠乾杯！為二十歲時我們的心為之跳動的一切乾杯！為我們已經並且將要知道生命中不會再有比那更美好的一切乾杯……我為那個黃金時代，為羅亭的健康，乾杯！」

大家和列日涅夫碰杯。巴西斯托夫激動不已，幾乎把酒杯碰碎，他將酒一飲而盡。亞歷珊卓・巴甫洛夫娜則緊緊握住列日涅夫的手。

「米哈伊羅・米哈伊里奇，沒想到你是個演說家，」比加索夫說，「簡直和羅亭不分伯仲，連我也被感動了。」

「我根本不是演說家，」列日涅夫惱怒地說，「但是要感動你，我想，絕非易事。不過談羅亭也夠多了，我們談談別的吧。那位……叫什麼來著……潘達列夫斯基？他還住在達爾雅・米哈伊羅夫娜家嗎？」他轉身問巴西斯托夫。

「噢，是的，他仍住在她家。她還替他謀了份好差事。」

列日涅夫笑了。

「他就是那種絕不會死於貧窮的人，我敢擔保。」

晚餐結束，賓客都散去了，只剩下亞歷珊卓・巴甫洛夫娜和丈夫兩個人。她笑臉盈盈地望著丈夫。

「你今晚真是太出色了，米沙，」她撫摸著丈夫的額頭說，「你說得多麼巧妙而高尚啊！不過坦白說，你對羅亭的讚美有些誇大，就像你往日過分責備他一樣。」

「人不該雪上加霜。而以前，我是擔心他會迷惑你。」

「不會的，」亞歷珊卓・巴甫洛夫娜天真地說，「他對我而言太博學了，我有些怕他，在他面前從不知要說什麼。可是今天比加索夫對他的嘲笑也太惡毒了點，對嗎？」

「比加索夫？」列日涅夫回答，「正是因為比加索夫在場，我才如此熱烈地為羅亭辯護。他竟敢說羅亭是寄生蟲！依我看，他扮演的角色，我是指比加索夫，比羅亭惡劣一百倍！他擁有獨立的財產，對誰都嗤之以鼻，然而對有錢有勢的人卻諂媚奉承！你知道嗎，這位比加索夫謾罵一切、蔑視世人、攻擊哲學、詆毀女人，但你可知道他在政府機關任職時，曾做出種種貪贓賄賂之事？哎！他就是那樣的傢伙！」

「可能嗎？」亞歷珊卓．巴甫洛夫娜喊道，「我從來沒料到有這種事！米沙，」她停頓一下接著說，「我想問你……」

「什麼？」

「你認為，我弟弟和娜塔莉雅在一起會幸福嗎？」

「我該怎麼說呢？很有可能。她會主導……我們之間不必掩飾這個事實……她更聰明；但是你弟弟是個極好的人，並且全心全意地愛著她。你還想要什麼呢？你看我們倆，彼此相愛而且很幸福，不是嗎？」

亞歷珊卓．巴甫洛夫娜微笑著握緊他的手。

就在亞歷珊卓．巴甫洛夫娜家裡發生上述事情的同一天，在俄羅斯一個偏遠的省分，一輛套著三匹耕馬搭著遮篷的破舊馬車正沿大路在燠熱中艱難地徐徐前行。馭手座上坐著一位頭髮斑白的農人，穿著破舊的外衣，兩腳歪斜地掛在車軸上，一隻手不住地抖動著韁繩，另一隻手甩著鞭子。馬車裡，一個高個子男人坐在顫顫巍巍的行囊上，戴著一頂便帽，身穿一件滿是灰塵的舊外衣。他就是羅亭。他低頭坐著，帽簷壓著雙眼，身子被顛簸的馬車左拋右甩，但他似乎毫無察覺，彷彿正在打盹。終於他挺直了身子。

「我們什麼時候才能到驛站？」他問坐在馭手座上的農人。

「翻過前面的小山丘就到了，少爺，」農人說著，更猛力地抖動一下韁繩，「不到一英哩，不遠了……嘿！瞧著！留神你旁邊……我得教訓教訓你，」他尖著嗓子加了一句，抽了右邊的黑馬一鞭。

「你好像不會趕車，」羅亭說，「我們一清早就上路了，磨蹭了一路現在還沒到。你還是唱點什麼吧。」

「哎，少爺，有什麼辦法呢？您自己瞅瞅這些馬，已經夠累了……又是這麼個大熱天！我不會唱歌，我不是馬車夫……喂，你這頭小羊仔！」農人突然朝一個穿著棕褐色外衣和鞋跟磨平了的皮鞋的人喊道，「讓開！」

「馬車夫，真了不起！」那人嘟囔著，在後面停住腳步，「可惡的莫斯科傢伙！」他不屑一顧地添了一句，搖了搖頭，一瘸一拐地走開了。

「你往哪裡去？」農人不時地大聲吆喝，扯住轅馬，「啊！你這冒失鬼！機靈點！」筋疲力竭的三匹馬總算把他們拖到了驛站。羅亭爬下馬車，付了錢（農人沒有向他鞠躬道謝，只是把錢放在掌心掂了好久——顯然是打賞的酒錢太少），自己動手提著行囊，走進驛站。

我的一位在俄羅斯遊歷過很多地方的朋友曾經觀察到一點：假如驛站牆壁上掛著描繪《高加索的俘虜》[53]裡場景的插畫或是俄羅斯將軍們的畫像，那表明你會很快得到馬匹；但是，假如畫上是著名賭棍喬治．達．日耳曼的生平，旅客就別指望能很快離開了，他可以有充足的時間欣賞這位賭徒年輕時蓬起的鸚鵡尾式髮型，白色的開襟背心，以及異常緊身又短小的褲子，和他老年在一間有著狹窄樓梯的農舍裡揮起椅子砸死親生兒子時的怒容。羅亭走進的屋裡恰好掛著幾張關於《三十年，又名賭徒的一生》的畫。聽到他的叫喊聲，睡眼惺忪的驛站長出現了（順帶說一句，難道有人見過不是睡眼惺忪的驛站長嗎？），他不等羅亭發問，便懶洋洋地告訴他，這裡沒有馬。

「你怎麼能說沒有馬呢？」羅亭說，「連我要去哪裡你都還不知道！我是雇了耕田的馬來的。」

53　俄國詩人普希金的長詩。

「去哪裡都沒有馬，」驛站長回答，「不過你要到什麼地方？」

「去SK……」。

「我們沒有馬。」驛站長再說一遍，走掉了。

羅亭惱怒地走去窗邊，把帽子扔到桌上。他的外貌變化不大，但是近兩年來顯得面色蒼黃，鬈髮中到處夾雜著縷縷銀絲，雙眼依舊美麗，只是似乎黯淡了些，細碎的皺紋，苦痛和憂慮的痕跡已經爬上唇角與額頭。他的衣服破舊，根本看不出有沒有穿襯衫。他最輝煌美好的日子已經逝去，正如園丁們所言，他已開始凋零。

他讀起了牆上的題詞——這是旅客在無聊中常有的消遣。突然，門吱呀一聲打開，驛站長走了進來。

「去SK……的馬沒有，很久都不會有，」他說，「不過去V城的倒有幾匹。」

「去V城嗎？」羅亭說，「算了吧，這跟我要去的方向完全相反。我要去奔薩，可V城坐落在往湯波夫的那個方向吧？」

「那有什麼關係？你可以到了湯波夫再轉，或者從V城岔過去。」

羅亭想了片刻。

「啊，只好這樣了，」他終於說道，「吩咐他們套馬吧。我反正都一樣，就去湯波夫。」

馬匹很快便套好了。羅亭拎起他的行囊，爬上馬車坐下，像先前那樣低垂著頭。某種無助與哀傷屈服在他弓著的身子裡……三匹馬不慌不忙地小跑起來，斷斷續續地響起鈴鐺聲。

尾聲

又過了幾年。

那是一個寒涼的秋日，一輛旅行馬車駛近在省會C城最大的一家旅館階前。一位紳士打著呵欠伸著懶腰從馬車上走下來。他並不年邁，不過身體已經富態得足以令人敬畏。他沿著樓梯走到二樓，在寬敞的走廊入口處站住，沒看到人，便高聲喊道要一個房間。不知是哪扇門吱呀響了一聲，一個高大的服務生從低矮的屏風後閃出來，側著身子快步迎上前，光亮的背影和捲起的衣袖在昏暗的走廊裡時隱時現。旅客一走進房間便立即脫掉外衣，解下圍巾，往沙發上一坐，雙手握拳支在膝蓋上，好像剛睡醒似地先向四周環顧了一圈，然後吩咐把他的僕人喊上樓。旅館服務生一鞠躬便不見了。這位旅客並非別人，正是列日涅夫。他是為了徵兵的事情才從鄉間來到C城的。

列日涅夫的僕人，一個鬈髮、面頰紅潤的青年走進了房間。身穿一件灰外衣，腰上束著藍腰帶，腳下踩雙軟氈鞋。

「好了，孩子，我們到了，」列日涅夫說，「你還一直擔心車輪會掉下來呢。」

「我們到了，」青年回話道，試著從外衣的高領裡擠出笑容，「輪子沒有掉下來是因為……」

「這裡有人嗎？」走廊上響起一個聲音。

列日涅夫怔了一下，側耳傾聽。

「喂？誰在那裡？」那聲音又問。

列日涅夫站起身，走到門邊，很快打開門。

他面前站著一位高個子男人，身子佝僂著，頭髮幾乎完全灰白，穿著一件綴有銅鈕釦的破舊粗呢外套。

「羅亭！」列日涅夫激動地喊出聲來。

羅亭轉過身。他認不出列日涅夫的模樣，因為他是背光站著，於是茫然地望著他。

「你不認識我了嗎？」列日涅夫問。

「米哈伊羅．米哈伊里奇！」羅亭喊了一聲，伸出手去，但立刻困窘地想要縮回。列日涅夫急忙伸出雙手一把抓住。

「進來，快進來！」列日涅夫說著將羅亭拉進房間。

「你改變了很多！」沉默了半晌後，列日涅夫不由自主地壓低聲音慨歎道。

「是啊，大家都這麼說！」羅亭回答，一邊打量著房間，「歲月不留人……可你還是老樣子。亞歷珊卓……你的妻子，她還好嗎？」
「謝謝，她很好。是什麼風把你吹來這裡的？」
「說來話長了。事實上，我是出於偶然來到此地的。我來找一個朋友，不過，我很高興……」
「你打算在哪裡午餐？」
「哦，不知道。隨便一家餐館吧，我今天非得離開這裡。」
「非得？」
羅亭意味深長地微笑著。
「是的，非得。我要被遣送回鄉了。」
「跟我一道午餐吧。」
羅亭第一次直視列日涅夫的眼睛。
「你邀我共進午餐？」他問。
「是的，羅亭，為舊時光，也為我們往昔的同袍情誼，你願意嗎？我沒想到會遇見你，天知道今後什麼時候才能再見。我不能這樣便和你分離！」
「很好，我同意！」
列日涅夫握住羅亭的手，吩咐僕人去點幾道菜，還讓他去準備一瓶冰鎮的香檳。

用餐時，列日涅夫和羅亭不約而同地談起他們的學生時代，回憶起許多往事和許多人——已故的和仍在世的。起初羅亭還有些興致索然，不過幾杯酒下肚後，他渾身血液便沸騰起來。終於，僕人撤去最後一道碟子，列日涅夫站起身，關上房門，走回桌子旁，在羅亭對面坐下，安靜地用雙手撐住下巴。

「那麼現在，」他說，「講講自從我們上次分別後你經歷的所有事情吧。」

羅亭望著列日涅夫。

「天哪！」列日涅夫思忖著，「他怎麼變化這麼大，可憐的人！」

羅亭的相貌和我們上次在驛站見到他時幾乎沒什麼變化，雖則日益逼近的老年已經在他身上留下了印記；迥異的是他的表情，他的眼神。他渾身上下時而緩慢時而急促斷斷續續的動作以及萎靡冷淡的言談，這一切都顯露出一種極度的疲乏，一種寂然而隱密的沮喪，這和他曾佯裝出來半真半假的憂鬱截然不同，那種憂鬱通常是滿懷希望、自命不凡的年輕人用來炫耀自己的。

「把我所經歷的事情統統都告訴你？」他說，「這不可能，也沒必要。我筋疲力竭，顛沛流離……無論是肉體還是精神上。我都結交了什麼樣的朋友啊……天哪！多少事，多少人令我失望！是的，有多少啊！」羅亭留意到列日涅夫正用一種特別的同情凝視著他，便重複了一句。「有多少次連我都憎厭自己的言辭！我指的不僅是親口說出的，甚至包括那些採納了我主張的人說的話！有多少次我從孩子般的任性妄為變成駑馬般的遲鈍麻木，即便被鞭打也不會搖動尾巴……有多少次我歡欣鼓舞、滿懷希望，卻只落得白白樹敵，忍辱含垢！有多少次我像雄鷹般振翅高飛……結果卻像隻碎了殼的蝸牛般爬回來！……我哪裡不曾去過？哪條路不曾踩過？……往往路還是泥濘的，」羅亭補充道，稍稍偏過頭去，「你知道……」他繼續說著。

「聽著，」列日涅夫打斷他，「我們從前曾以『德米特里和米哈伊』彼此相稱，我們重拾那個老習慣……好嗎？讓我們為往日乾杯！」

羅亭一怔，略微挺直身子，他的眼底閃爍著一絲無以名狀的微光。

「為那些乾杯，」他說，「謝謝你，兄弟，乾杯！」

列日涅夫和羅亭仰脖一飲而盡。

「你知道，米哈伊，」羅亭面帶微笑接著說，把「米哈伊」講得特別重，「我心裡一直有條蟲，它不停地啃噬我，折磨我，永不讓我平靜，它令我衝撞很多人……那些人起初受到我的影響，但後來……」

羅亭在空中把手一揮。

「自從跟你分別，米哈伊，我看到了很多，也歷經了很多改變……我重新開始生活，從頭做起，足足二十次……而結果呢，你瞧！」

「你就是沒辦法持之以恆。」列日涅夫好像在對自己說。

「正如你所說，我沒辦法持之以恆。我從來都無法建立什麼，而且這是很艱難的，兄弟，要建設就要在自己腳下開闢土壤，要替自己的建設打地基！我所有的經歷……確切地說，所有的失敗，我不打算一一描述，只能告訴你兩三件事情……在我的人生中，只有那時成功彷彿在對我微笑，或者說我開始希冀得到成功；雖然這兩者並不能一概而論……」

羅亭把變得稀疏的灰白頭髮往後一捋，那姿勢和他往日將那頭濃密黑鬈髮向後撥去時一模一樣。

「好吧，我跟你說，米哈伊，」他開始說，「在莫斯科，我遇見了一個相當奇怪的人，他非常富有，擁有很多土地。他主要也是唯一的嗜好便是科學，普遍科學。我始終也沒能想通他為何會有這樣的嗜好！這於他簡直是馬鞍裝在牛背上。他竭力想讓自己顯得智力很高，可他幾乎連話都說不清楚，只會裝模作樣地轉動眼珠，煞有介事地搖頭晃腦。兄弟，我從沒見過比他更愚笨，更平庸的人……就像在斯摩倫斯克省，有些地方除了黃沙和偶現的幾簇連動物也不吃的草之外，一無所有。這和他一樣，沒有什麼能在他手裡完成，任何事情好像都會化為泡影。他還癡迷於將簡單的事情複雜化。假如依照他的安排，大家都得倒立著用腳吃飯了。他孜孜不倦地工作、寫字和閱讀，以一種不屈不撓的固執和可怕的耐性全身心地致力於科學；他的虛榮心極強，意志強韌如鋼鐵。他孤身生活，是個出了名的怪人。我結識了他……而他對我很有好感。我得承認，我很快就看透了他；但他的那股狂熱吸引了我。況且，他還擁有巨大的資源，藉助他可以做很多益事，實現真正有用的事……我便在他家安頓下來，後來還和他一起去了鄉間。兄弟，我的計畫極其宏大；我夢想著推行各種改良與革新……」

「就像當初在拉蘇斯基家一樣，還記得嗎，德米特里？」列日涅夫回應道，寬容地笑著。

「啊，那時我心裡知道我的話是不會有結果的；但這次……展現在我面前的是另一番迥然不同的天地……我隨身帶去很多農業書籍……老實說，那些書沒一本我由頭至尾讀完過……總之，我開始著手工作。不出所料，事情起初並不順利；可後來似乎有了進展。我的新朋友始終一言不發地冷眼旁觀，也不干預我，至少在一定程度上沒有反對我。他接受我的意見並付諸實施，但他內心總是有種固執己見的怏怏不悅，對我並不信任，總是竭力把所有事情按照自己的方式辦。他對自己的每個想法都極為珍視，一旦打定主意，無論怎麼困難都要堅持到底。他彷彿是爬上了草葉的瓢蟲，在頂端坐著，似乎打理著翅鞘預備起飛；然而突然間摔了下來，於是又重新爬過……請不要驚訝於我如此比喻，在當時我心頭總縈繞著這個想像。就這樣，我在那裡奮鬥掙扎了兩年。但是儘管我煞費苦心，事情仍進展得不順利。我開始感到厭倦，我的朋友也令我厭煩；我奚落他，他就像一張羽毛褥床似的令我窒息。他對我的不信任演變成不作聲的怨懟；我們被敵意籠罩著，幾乎無法談論任何事情。他默默卻不懈地向我證明，他沒有受到我的影響。我的計畫不是被擱置就是被完全改變。我終於意識到，在這位貴族地主家裡，我無非扮演了一個門客罷了。我為自己無謂耗費的時間和精力而痛苦，更痛苦的是，我的期望三番兩次被欺騙。我很清楚一旦離開就會滿盤皆輸，但我無法控制自己，於是有一天，在我目睹了一個痛苦而令人厭惡、使得我那位朋友醜態畢露的場面後，我終於和他大吵一架，離開了，甩掉這位用俄國麵粉摻著德國蜜糖混合而成的奇異麵糰捏就的新潮學究。」

「就是說，你扔掉了每天賴以糊口的麵包，德米特里，」列日涅夫說著，把雙手搭在羅亭肩頭。

「是的，我再一次漂泊無定，兩手空空，一文不名，可以自由飛翔了。啊！讓我們喝一杯！」

「祝你健康！」列日涅夫說，站起身親吻了羅亭的額頭，「為了你的健康，也為了波科爾斯基！他也知道如何安貧。」

「好吧，這就是我的第一件奇遇，」羅亭沉吟了片刻後說，「還要說下去嗎？」

「請說下去。」

「啊！我不想說話，我對談話感到厭倦，兄弟……不過，就說吧。後來我又東飄西蕩……其實，我本來可以告訴你，我怎樣成為一位仁慈大人物的祕書，而結果又如何；可那就扯太遠了……後來我又東飄西蕩，最終下定決心要做一個……請別見笑，做一個務實的商人。機會來了，我結識了一個人……也許你聽說過此人……他名叫庫爾別耶夫。」

「哦，我從沒聽過。不過，說真的，德米特里，憑你的聰明，怎麼會想不到你的營生不可能在於經商呢？」

「我很清楚，兄弟，這不是我的營生；可是，什麼才是我的營生呢？你要是見到庫爾別耶夫就好了！請你別把他想成腦袋空空的空談家。大家都說我口才好，可跟他一比，我什麼也算不上。他是一個博學多識的人，非常有頭腦，兄弟，他很有經商和做實業的天賦。他腦子裡盡是最大膽、最出人意表的計畫。我跟他決定聯合起來，用我們的力量來辦公益事業。」

「是什麼事業，我可以知道嗎？」

羅亭垂下眼簾。

「你會取笑我的，米哈伊。」

「為什麼？不，我不會笑你。」

「我們決心在K省開一條供航行用的河道。」羅亭侷促地笑著說。

「當真！那麼這個庫爾別耶夫是大資本家嘍？」

「他比我還窮，」羅亭回答，髮色灰白的頭低垂下去。

列日涅夫大笑起來，不過又突然停住，握住羅亭的手。

「請原諒，兄弟，」他說，「可這太出乎我的意料了。那麼，我想你們的事業也就只能紙上談兵了？」

「也不盡然。我們還是開了頭，雇了工人便做了起來。但是當即就遇到種種阻礙。首先，那些磨坊主根本不看好我們；其次，沒有機器便無法使水流改道，而我們又沒有足夠的錢去購置。整整六個月，我們都住在泥濘的工寮裡，庫爾別耶夫只能啃乾麵包，我也總是餓肚子。然而，我沒有怨言，那裡的景致非常美麗。我們努力奮鬥想盡辦法，向商人們呼籲，到處寫信，派發傳單。在花完我最後一筆錢後，這項計畫宣告失敗。」

「唔！」列日涅夫說，「我猜想，花光你最後一筆錢，德米特里，並不是難事吧？」

「當然不難。」

羅亭望向窗外。

「不過這計畫確實不錯，而且可能產生巨大的效益。」

「庫爾別耶夫之後去了哪裡？」列日涅夫問。

「哦，他現在在西伯利亞，當了一名淘金者。你瞧著吧，他會發財的，他會成功的。」

「也許是的；可是你好像怎麼也發不了財。」

「那也沒辦法！不過我知道我在你眼中始終是個輕浮的人。」

「嘿，兄弟！確實有段時間我看到了你的軟肋，但是現在，相信我，我已經學會如何尊敬你。你永遠也不會上位，發不了財。正因如此，德米特里，我才愛你，真的！」

羅亭淡淡一笑。

「果真如此？」

「我為了這一點尊敬你！」列日涅夫重複道，「你能理解嗎？」

兩個人都陷入沉默。

「那麼，還要再談第三件事嗎？」羅亭問。

「請說。」

「很好，第三件也是最後一件，這件事我才剛剛擺脫。你不嫌我煩嗎，米哈伊？」

「說吧，說吧。」

「好，」羅亭說道，「有次在我空閒時……我總是有很多空閒……忽然想到，我擁有足夠的知識，有善良的願望……你總不會否認我的願望是善良的吧？」

「當然不會！」

「我在各個領域多少都是失敗了……那為何不嘗試從事教育，或者簡單說做一個教書匠呢？與其虛擲光陰……」

羅亭停住，嘆了口氣。

「與其虛擲光陰，試著把我所知道的傳授給別人不是更好嗎？也許他們還能從我的學識中汲取出一點有用的東西。無論如何，我的能力還是高過普通人，我是語言的大師。所以我決心獻身於這項新事業。為了找教職，我費勁周折，我不想當家教，在小學裡教書我又會無所作為，最後終於在本地的一所中學謀得了一個教員的職位。」

「教什麼？」列日涅夫問。

「教文學。我可以說從未如此熱中於從事自己的工作。能影響年輕人的念頭激勵著我。於是我足足花了三個星期準備開課的講稿。」

「這篇講稿還在嗎，德米特里？」列日涅夫打斷他問。

「不在了，不知丟到哪裡了。講得算不錯，很受歡迎，直到現在我彷彿還能看到那些聽眾的臉孔……那些良善的、閃著純粹專注神情的、充滿了同情甚至驚愕的臉龐。我踏上講台，激動地唸完講稿。我原以為足夠講一個多小時的，結果二十分鐘就唸完了。學監就坐在那裡，是一位戴著銀邊眼鏡和短假髮的乾瘦老頭，他不時地把頭轉向我。當我講完時，他從座位上起身對我說，『很好，只是深奧晦澀了些，而且關於學科本身說得太少了。』但學生們都滿懷尊敬地目送我走下講台……真的是這樣。啊，這就是青年的可貴之處！第二堂我也準備了講稿，第三堂也是，在那之後我便開始即興授課了。」

「成功嗎？」列日涅夫問。

「極為成功。我把靈魂中的一切都給了聽眾。他們之中有兩三個男孩確實出色，其餘的則似懂非懂。我必須承認即使是這幾位聽得懂的學生有時也會提出匪夷所思的問題。不過我並不灰心。他們都很愛我，考試的時候我給大家都打滿分。於是一場針對我的陰謀揭幕了……不！那也算不上陰謀，事實上，是我自己不適合那個位置罷了。我妨礙了別人，別人就來妨礙我。我給中學生講課的方式，即使是在大學裡也未必常見；他們從我的課上獲益不多……我自己對這些事情了解不夠。再說，我也不滿足於指定的授課範圍……你知道這是我一貫的弱點。我想要徹底改革，我向你發誓，這些改革既合情理又易於實行。我希望藉助校長的力量來實施改革，他是個善良正直的人。我起初對他多少還有些影響，他的夫人也願意幫我，兄弟，我這輩子從沒遇過她那樣的女人。她年近四十，但仍如十五歲少女般信仰美德，熱愛一切美好的東西，而且敢在任何人面前講出自己的信念。我永遠也不會忘記她的熱情寬容和慷慨善意。在她的建議下，我擬定了一個計畫……可是就在那時我被算計了，有人在她面前詆毀我。最卑劣的是那位數學老師，他個性乖戾、脾氣暴躁，而且生性多疑，是個像比加索夫那樣的人，只不過比他能幹得多……對了，比加索夫怎麼樣了，他還活著嗎？」

「哦，還活著。想像一下吧，他還和一位農婦結了婚，據說，那女人動輒會打他。」

「活該！那娜塔莉雅・阿列克謝耶夫娜呢，她好嗎？」

「是的。」

「她幸福嗎？」

「是的。」

羅亭沉默了半晌。

「我剛才談到哪裡了？……哦，對了！那位數學老師。他恨我入骨，把我的講義比作煙火，抓住我每一句表達得不夠清楚的話大做文章，有次還為了一處十六世紀的古蹟讓我無法下台……不過，最重要的是他懷疑我別有用心，我的努力最終如泡沫般撞上了他的矛，破裂了。還有那位學監，一開始就和我話不投機，他也唆使校長反對我。大家爭吵起來，我完全不妥協，而且怒不可遏。事情鬧到了上級機構，他們逼我辭職。可我不肯就此罷休，想證明他們不可以如此對待我……但是，他們就是可以隨意擺布我……現在逼得我非得離開此地不可了。」

接下來一陣沉默，兩位朋友低垂著頭坐著。

羅亭先開了口。

「是的，兄弟，」他說，「現在我可以借用柯爾佐夫的詩句，『你令我步入歧途，我的青春，逼得我無路可退』……難道我真的會一事無成嗎？這世上竟無我可做之事嗎？我時常問自己這個問題，然而無論我怎樣設法保持謙卑，都無法克制地感受到自己具備一種並非人人皆有的才能！為何這些才能始終無法開花結果呢？還有一件事，你記得嗎，米哈伊，我和你在國外時，我自命不凡卻謬誤百出……當然那時我還不能明確知道自己想做什麼，我醉心於空談，相信空中樓閣。但是現在，我向你發誓，我能夠向任何人大聲說出我的種種願望。絕對沒有什麼可隱藏的，我徹頭徹尾心存善意，讓自己謙遜地適應各種環境，我降低所求，只求達成最近的目標，哪怕只能帶來微乎其微的益處。但是，不行！我從未成功過！這意味著什麼？是什麼東西妨礙了我，讓我無法像別人那樣生活和工作？……我現在所能夢想的也唯有如此。可是我剛一找到確實的位置，命運之神立刻又把我拋了出去。我開始懼怕它……我的命運……這究竟是怎麼回事？幫我解開這個謎！」

「謎！」列日涅夫重複道，「是的，這是真的，你之於我是個永遠的謎。哪怕在青年時代，你會在某次小小的惡作劇之後突然吐出感人肺腑的話，可隨即你又重新開始……你應該懂我在說什麼……在那時我已無法理解你了，因此也和你疏遠了……你有太多力量，對理想的追求孜孜不倦。」

「空話，全是空話！沒有行動！」羅亭插嘴道。

「沒有行動！要什麼樣的行動？」

「什麼樣的行動？靠自己的勞動來養活一個瞎眼老婦人和她的全家，你可記得，米哈伊，普里亞岑佐夫就是這麼做的……這算是行動。」

「是的，但是一句有益的話語也算是行動。」

羅亭看著列日涅夫，沒有說話，只是略微地搖了搖頭。

列日涅夫還想說些什麼，用手抹了抹臉。

「所以你要回鄉下去嗎？」他終於問道。

「是的。」

「你在鄉下還有田產？」

「還留下一點。兩個半魂靈[54]。是個可葬身之所。此刻你也許在想：『即使到了這步田地還少不了漂亮話！』漂亮話的確會毀掉我，吞噬我，我一輩子也擺脫不了它。不過我剛才說的不僅是空話。這些白髮，老兄，你看這皺紋，這破爛的衣袖……你對我一向嚴厲，米哈伊，你是正確的；現在卻不是嚴厲的時候，如今一切都已完結，油盡燈碎，燈芯將滅……死神，老兄，終會讓一切和解。」

列日涅夫跳了起來。

「羅亭！」他喊道，「你為什麼對我說這些？這是我應得的嗎？我是這種看到你雙頰深陷、皺紋滿面，心裡還認為你只是在說漂亮話的人嗎？你想知道我怎麼看你的，德米特里？好吧！我的想法是：這個人……憑他的能力，沒什麼目的不能達到，沒什麼好處不能撈到，只要他願意！而我卻看到他正在忍飢挨餓，漂泊無定……」

「我喚起了你的憐憫。」羅亭喃喃說道，聲音有些哽咽。

「不，你錯了。你令我肅然起敬，這才是我的感覺。有誰阻止你在那位地主朋友家裡年復一年地待下去呢？我完全相信，只要你肯投其所好，他準會讓你衣食無憂。為什麼你在中學裡不能與人融洽相處？為什麼你……真是個怪人！你每次著手幹起某項事業，總是無可避免地以犧牲自己的利益而告終，為什麼你總不肯在肥沃的土地上扎根呢，無論它多有利可圖？」

「我生來就是無根之木，」羅亭說著，露出疲憊的笑容，「我無法讓自己停留在原地。」

「這是事實，但是你無法停留，並不是像你一開始說的因為心裡盤踞著一條噬嚙你的蟲……那不是蟲，也不是百無聊賴而焦躁不安的靈魂……那是熱愛真理的烈火在你內心熊熊燃燒。顯然，縱使你遭遇到重重挫折，在你內心燃燒的這團火也比那些自認不是利己主義者且竟敢稱你為騙子的人要熱烈得多。假如我處在你的位置，早就迫使這條蟲安靜下來苟且偷生了；而你卻不以為苦，德米特里。我相信，即使在此刻，你也已經如年輕人般準備好開始幹一番新事業了。」

「不，兄弟，我現在累了，」羅亭說，「我受夠了。」

「累！換作別人早就死了。你說死神會和解一切，但是你以為活著就不能和解嗎？一個活了一輩子卻還未能對他人有寬容之心的人是不配得到別人寬容的。而誰又能說他不需要寬容呢？你已竭心盡力了，德米特里……你盡可能地奮鬥過了……還要怎樣呢？我們走的路不同……」

54　魂靈即農奴。俄國作家果戈里在一八四二年出版《死魂靈》，用「魂靈」指代農奴，後有多位作家使用。

「你和我全然不同。」羅亭打斷他，嘆了口氣。

「我們走的路不同，」列日涅夫接著說道，「也許正是因為我的處境，我冷靜的性格和其他種種幸運的環境，沒有什麼能妨礙我坐在家裡袖手旁觀；而你卻得闖蕩世界，捲起袖子勞苦工作。我們走的路不同……但是咱們多麼靠近。你我使用的幾乎是同樣的語言，只需半點暗示，彼此就能心領神會，我們的思想是相通的。像我們這樣的人已經寥寥可數，兄弟，我們就是最後的摩希根人[55]！在往昔，我們覺得生活之路還很長，可以各持己見，甚至為之激烈爭吵；但是現在，我們這個圈子裡的人日漸稀少，年輕一代懷著不同的目標走向我們，我們更應該彼此緊緊靠攏！讓我們乾杯吧，德米特里，唱一曲往日的歡樂之歌[56]！」

兩位朋友互相乾杯，飽含深情地以純正的俄羅斯風格不成曲調地唱了一首舊日學生時代的歌。

「那麼，你要回到鄉下去了，」列日涅夫又說道，「我想你不會在那裡久住的，而且我也無法想像你將以怎樣的方式在何處結束你的一生……但是，請記住，不論你的際遇如何，你始終有個地方，一處安身之所，那就是我家……聽見了嗎，我的老朋友？思想，也有它的老弱殘兵；他們也該有個棲身之地。」

羅亭站起身。

「謝謝，兄弟，」他說，「謝謝！我永不會忘記你的話，只是我不配享有一處棲身之地。我已經虛度了生命，並不像應該的那樣奉獻於思想。」

「不要再提了，」列日涅夫說道，「每個人天性使然只能盡其所能，不可強求！你曾自稱是『漂泊的猶太人[57]』……可是你怎麼知道，也許，你就應該這樣永遠漂泊，也許，你正是以這種方式來執行你自己也不知道的崇高使命，難怪民間有一句至理名言說，我們大家都聽天由命。你要走了，迪米特里？」列日涅夫繼續說著，看到羅亭拿起帽子，「你不在這裡過夜嗎？」

「是的，我要走了！再見，謝謝你……我不會有好下場的。」

「那就只有上帝知道了……你決意要走？」

「是的，我要走了。再見。不要對我懷恨在心。」

「好吧，你也別對我懷恨在心……還有，別忘記我對你說的話。再見……」

---

55 美國原住民部族。美國小說家James Fenimore Cooper在一八二六年著有《最後的摩希根人》一書，以英法在美洲大陸爭奪殖民地的七年戰爭為背景。

56 原文為拉丁文，"Gaudeamus igitur"。

57 神話裡長生不老的人，於十三世紀開始在歐洲流傳。傳說一個猶太人因嘲弄押往釘十字架刑場的耶穌而必須在塵世行走，直到耶穌再臨。

兩位朋友互相擁抱，羅亭快步離開了。

列日涅夫在房間裡不停地踱步，過了好久才站定在窗前，沉思了片刻後低聲喃喃道，「可憐的人！」然後便坐在桌前，開始寫信給妻子。

外面起風了，捲著不祥的預兆怒嘯著，惡狠狠地搖撼著嘎吱作響的窗格。漫漫秋夜降臨了。在這樣的夜晚，能安坐家中，有個溫暖的棲身之地，是幸福的……願上帝幫助所有無家可歸的流浪人！

一八四八年六月二十六日，一個燠熱的下午，巴黎的國家工廠革命幾乎已被政府鎮壓，一隊政府軍正在聖安東尼郊區的窄巷裡攻占一座街壘。幾發炮彈已經把街壘擊毀，倖存的保衛者們紛紛撤退，棄甲而逃。突然，在街壘頂一輛翻覆的公共馬車車廂架上，出現了一個身披破舊大衣的高個男子，腰間束著紅帶，蓬亂華髮上戴著一頂草帽。他一手高舉紅旗，一手握著缺鋒的軍刀，緊張而尖利地嘶喊著。他一邊向上攀爬，一邊揮舞著紅旗和軍刀。一名輕步兵瞄準他，射了一槍……紅旗從這個高大男子的手中掉落，他就像破布袋般臉朝下撲倒，好像跪在了什麼人的腳下。子彈穿過了他的心臟。

「瞧！」一個逃命的革命者對另一個說，「波蘭人被打死了[58]！」

「天哪！[59]」，另一個回答。接著兩人便飛快地跑進一棟房子的地窖裡。這棟房子的所有百葉窗都緊緊關著，牆壁上彈痕累累。

這個波蘭人就是德米特里・羅亭。

58 原文為法文，“Tiens! on vient de tuer le Polonais”。

59 原文為法文，“Bigre”。

作家與作品

多餘的人：讀屠格涅夫《羅亭》

十九世紀的俄國偉大小說家如托爾斯泰、杜斯妥也夫斯基、屠格涅夫、契訶夫等等，每個人都有而且都得有眾多的身分，不光光是我們今天職業分工概念裡的小說家一項而已；他們也都得做諸多的事，寫諸多種類和意圖的文字，而不僅僅只是小說一種而已——這是彼時俄羅斯祖國苦難的召喚和嚴酷要求，也是小說家自身的決志而行，外來的和內在的驅力兩者都有。

在他們中間，屠格涅夫原來是比較「純粹文學」的一位，也是最情非得已的一位。屠格涅夫是彼時俄國小說家中最歐化的一個，有一個相當純粹的西歐靈魂不當窩居在一個老俄羅斯的軀體之中，他的小說「氣質」，毋寧更接近當時已不再參與革命，並開始向袖手旁觀的自然主義傾斜的法國小說，事實上，屠格涅夫日後大半輩子也就住在巴黎（表面上為了追逐一段近乎荒唐的愛情，但不只如此），交遊的也是巴黎一干自然主義的小說家如左拉、莫泊桑等等。

如此的「錯置」，是屠格涅夫終身痛苦糾纏的原因，問題是，他又真的是一個溫和到絕對可稱之為軟弱的人，當他那異於常人的聰明、敏銳和纖細感受，撞上野蠻反智的強大力量時，他總選擇屈服，宛如宿命。從他生下來就有、那位不只一次活活打死奴僕的沙皇似貴族母親，到他生前就有的、古老專制的俄國沙皇體制，到最後俄國年輕一代崛起、預告了日後布爾什維克的民粹主流——在這每一種鬥力不鬥智的歷史現場，屠格涅夫總不戰而潰。逃避，遂成了他一生最體面的應對策略。

還好他是一位天生的小說家——半開玩笑來說，小說家在這方面有點像殯葬業者，基本上，他們都是在苦難中才方便找到工作機會的人（如此，我們就知道格雷安·葛林在他《喜劇演員》中最終讓敘述者布朗流亡成為殯葬業者，是多麼有趣而且自嘲的隱喻選擇了），唯一不同的是，小說家得利的苦難還包括自己，他還可以收自己的屍，當他輸掉人生全部時，只要一枝筆還在，他還是有機會在另一個世界、另一個戰場討回來，這一點，杜斯妥也夫斯基和屠格涅夫都是如此，只是輸法的狂暴優雅程度不同而已。

屠格涅夫的錯置和人生現實潰敗，於是給了他一個，我們事後清楚知道，絕佳的小說書寫位置，一種糅合了旁觀者清的冷靜理性位置和狂暴扯入的痛苦感性位置，由此，屠格涅夫不至於真如他人格特質的成為昏昏欲睡的自然主義小說家。他有自然流般和風細雨緩緩而來的作品如《獵人筆記》、《煙》、《貴族之家》云云，但也有像《羅亭》這樣結實而強悍的作品，更有趣的是，十九世紀俄國小說家最狂暴、最引發如火燎原議論攻訐的《父與子》，也居然出自於這位軟弱如葦草的小說家之手。事實上，即便是《獵人筆記》這樣貌似柔美的田園牧歌小說，我們仍不難察覺出其間自然主義小說所沒有的俄羅斯老風雷，就滾動在那些無知無識彷彿認命了千年以上的老農民老農奴生活底層。

也因此，在彼時議論橫飛各成派別人人剛硬似鐵的俄國知識圈中，屠格涅夫「柔軟如蠟」（他的詩人朋友波隆斯基說的）的流體特質，使他的思維得以真實滲透了森嚴且彼此愈來愈難對話、愈不屑於相互了解的分明壁壘，成為一個最縱觀全局的人。

——根本上，屠格涅夫頗堅守他歐化自由主義者的位置，但多少視之為自己難以更替的人格特質甚或不由自主的「命運」。他解釋自己，帶著跡近是示弱的深徹反省，而不是自我護衛；他也積極理解對手，不是為著逮住對手的議論縫隙予以迎頭痛擊，而是尋求和解乃至於可能的對話融合之機，於是，他不只了解自己的長處，更深入自己的弱點；不只知道對手的空門所在，更不吝於注視並真誠肯定對手的最堅強部分。只是，這從不會是個愉悅的發現，而是包含著痛苦拉扯的尋求過程，和終極性的永恆撕裂。

這裡，我們先來看屠格涅夫的一篇議論文字〈哈姆雷特與唐吉訶德〉，這其實是一八六〇年他的一篇演講稿——文中，屠格涅夫把哈姆雷特和唐吉訶德這兩位不朽的文學人物對比為兩種極端的典型，讓我們想到稍前赫爾岑的著名譬喻，赫爾岑曾以羅馬的雙面門神傑努斯和俄羅斯的標誌雙頭鷹來說明彼時俄國的西化派和斯拉夫主義派，「他們眼睛看向不同的方向，但胸膛裡跳動的卻是同一顆心。」

差別只在於赫爾岑的話說得稍早，在兩造尚能維持風度彼此對話爭議的美好時日裡。

唐吉訶德是純潔無邪的理想主義者，他有永恆的、天塌下來也分毫不動搖的自我信念，並慷慨用整個生命賦予實踐，不嫌惡衣惡食，不懼犧牲，不摻私利，更不在意任何人的訕笑侮辱，「奮鬥目標始終不變使他的思想有點單一，想法有點片面；他的知識不多，再說他也不需要什麼太多知識，只要知道他自己在幹什麼，為什麼活在這世上，這便是最重要的知識了。」

如此簡單的知識和堅毅不容變動的目標，屠格涅夫進一步指出，「唐吉訶德有時完全像個瘋子，因為最確鑿無疑的東西也會在他的眼前消失，好像蠟一般在他的熱情之火面前融化。」就像他真的把木偶看成活生生的摩爾人，把羊群看成騎士一樣。

相對於唐吉訶德，哈姆雷特則是個洞悉現實複雜世界的絕頂聰明之人，他分析一切，包括眼前萬事萬物，包括他自己的每一處弱點，包括他的每一個可能行動的結果，這不僅是「誰若在做出犧牲時認為先得核計和權衡自己行為的一切後果和獲利的可能，那他就未必肯犧牲自己了」；更致命的是，如此的透明性等於提前為哈姆雷特的年輕生命帶來終點，意義和價值在宿命性的乏味空虛中徹底瓦解，因此，哈姆雷特能做的就是「想」，一種極度發展到已是病態的思索不休，訴諸本能的行動早被取消，而仰賴意義的行動又提前被戳穿。

哈姆雷特便是這樣一個徹頭徹尾的懷疑主義者，但屠格涅夫精采無匹的指出，哈姆雷特卻是個誠實的懷疑主義者，這是他痛苦的根源。哈姆雷特用否定的眼睛看整個世界，但「他的否定並不是邪惡——其本身便是反對邪惡的。哈姆雷特的否定固然懷疑善，但並不懷疑惡，而且同它進行激烈的鬥爭。他懷疑善，是懷疑它是否真實和誠懇，而且他抨擊的不是善，而是偽善，在偽善的幌子下隱藏的依然是邪惡和虛假——它的宿敵。」而如此誠實且細膩的分辨，所帶來的終極行動困境便成了，「當應該加以破壞的東西和應該加以保護的東西往往混在一起、緊密相連時，又怎麼把這種力量控制到一定的程度，怎麼為它指明該在什麼地方止步呢？……決心的赤熱光采，被審慎的思維蒙上灰色……」

由此，在一邊是洞悉一切卻注定無所事事的哈姆雷特們，另一邊是半瘋癲的唐吉訶德們，屠格涅夫問了這麼一個哀傷的問題——難道為了相信真理就得當一個瘋子嗎？難道一個能夠自制的聰明人倒為此而變得一無所能嗎？

七年長夜之後

一八六〇年這篇文章中，屠格涅夫之於哈姆雷特的解析和追問尤其精準，因為那等於是他為自己發問的，終其一生。

《羅亭》這部小說發表於四年之前的一八五六年，大體上正是這個人生大疑問正式叩問的開端。

《羅亭》是一部結構嚴謹、宛如一齣戲的小說，清晰到跡近肖像畫般繪製出一種典型人物來，小說中他名叫羅亭，但卻是彼時俄國上流社會和智識界遍在的人物，也就是所謂「多餘的人」。

多餘的人，說真的，事情倒沒有字面上所顯示的那麼不堪，而是同時包含了幾分自嘲的幽深意味。這類人，我們應該說，其實是古老沉睡如萬古長夜的老俄羅斯帝國中第一批醒過來的人，負責叫醒他們的鬧鐘是彼時領先發展、領先自省也領先革命的西歐。但幾無例外的是，由於當時階級分割森嚴如死水的俄國現況，真正有機會在此第一時間聽見西歐革命召喚的人，只限於擁有貴族身分、有食租者財富才可能到莫斯科或聖彼得堡大學讀書、沒事持續思考、閱讀舶來文字乃至於出國旅遊赴西歐實地朝聖之人，而且通常他們的年紀不會太大，在沙皇大致呈同心圓的權力結構中不杵於太接近中心的位置，因此他們有充足的道德熱情，有夠用的時間、金錢和未竟野心，又沒牽制著腳步的各式包袱，包括得用力護衛的既得權位、煩人的經驗細節，以及要求舒適輕暖的不中用身體云云。

如此的年齡狀態和恰恰好的社會位置構成了這樣一批人覺醒的動人優勢，但也不得不預言了他們的脆弱。畢竟，年紀和社會地位皆是在時間的四季變換中最流轉凋落的稍縱即逝東西；除此而外，這一批人還有另一個近乎宿命的死角，那就是，在他們看向新世界滄海之闊輪船之奇、興高采烈議論滔滔的同時，他們原本就四體不勤的貴族身分又讓他們隔離於祖國廣大的貧窮黑暗農村實況，也就是說，他們要拯救的是他們背對著的那些人，要解決的是他們並不了解的問題，而且人數之眾多如星砂，問題之難不下於登天，那樣蒙昧、反動、罪惡盤根錯節的可怖實況，先不說真正對付起來何等絕望耗時，光是正視它就足以嚇跑所有不解世事的熱情。

問題是，他們要做的事、要拯救的人還不止這些。這是一批胸懷廣闊如山如海的人，民族、國家的疆界限制不了他們，他們同時同情並串聯整個歐陸各地的革命者，關心著全體人類的生活和未來命運。

當然，「多餘的人」這個貶辭是稍後才被看破手腳流行起來的，一開始，這一批人都是英雄、是先知、是清醒的聲音、是上流人舞宴沙龍的寵兒、是俄國稍有知識稍有良心的人希望之所繫，包括一部分沙皇的實際行政官員都這麼看待他們。然而，除了時光流逝、社會實況暗轉這樣持續的剝蝕力量之外，更致命的一擊出現在一八四八年。一八四八年是怎麼樣一個年頭？這是西歐革命風起雲湧的最高峰一年（就連馬克思和恩格斯的《共產黨宣言》也發表於這一年，雖然這事於當時的西歐半點也不重要，至於馬克思對俄國產生影響那更是一八七〇年以後的事了），也是西歐革命整體潰敗且一切到此為止的終結一年，反動勢力全面回頭掌控整個歐洲秩序，而僻於東方一隅的沙皇也擔心這場革命瘟疫蔓延過來跟著行動，除了斷然出兵蕩平匈牙利革命之外，更重要的是，沙皇開始展開俄國全境的鎮壓肅清工作，抓人入獄或送到西伯利亞，檢查所有的言論和文字，並大量裁減大學生數額（革命者最大最直接的補充貨源）以厲行「淨化」，這就是整個十九世紀俄國最黑暗的蒙昧時刻，從一八四八到一八五五，歷史上稱之為「七年長夜」，赫爾岑並下過如此註解，「活過當時的人，都以為這條黑暗隧道注定是沒有盡頭的。」

在這整整七年之久的永夜中，首當其衝的自然就是眼睛西望歐陸的這批人，死狀最慘的當然也是跟著西歐滔滔議論的這批人——這裡，我們簡單借用以撒．柏林的描述，「一八四八年革命既敗，為法律和秩序勢力所輕易壓平的歐洲革命知識階層信譽掃地，隨後便是一片深刻幻滅的氣氛，時人不復信任進步觀念，也不復相信可藉說服或具有自由信念者所能利用的一切文明手段來和平獲致自由與平等。」「卡特科夫轉為保守的民族主義者，杜斯妥也夫斯基轉向正教，包特金離棄激進主義，巴枯甯簽署一份言不由衷的『自由』。」

至此，俄國的進步力量掉過頭來了，浮上主流地位的是年輕一代的民粹主義者，他們輕視議論，強調行動，並對上一代的這批人展開嚴酷的批判，讓他們真成了「多餘的人」。

其中，我們尤其要說的是巴枯甯，這位最華麗也最空言的俄國革命過動兒於一八四九年在撒克遜一地被捕，一八五一年解送回到俄國，繫獄期間，他甚沒骨氣的寫了一篇懺悔告饒的自白書上呈沙皇——巴枯甯正是羅亭。

一齣荒謬劇

屠格涅夫正是依據他昔時尊敬過、熱愛過的巴枯甯為原型來寫這部小說《羅亭》，這個文學掌故，揭示了這部小說真正的思維縱深，讓《羅亭》一書顯現了深沉的自省，而不僅僅只是對某一個或某一類孔雀般之人的辛辣嘲諷而已。

小說中，屠格涅夫安排羅亭這個人的出場，就是一幕宛若天神降臨的戲，那是在某省城三等文官遺孀達爾雅・米哈伊羅夫娜豪宅的一場精心晚宴，所有的閒雜人等皆已到齊就位，巴巴等待著在宮廷擔任侍從官、又是念黑格爾哲學的男爵大駕光臨，但翩然現身的卻是三十五歲的羅亭，這位身材高，「有一雙水汪汪、亮晶晶、靈活機智的深藍色眼睛」的不速之客，他代替有事纏身不克出席的男爵，卻開口幾句話就收拾了愛挑釁、愛故作驚人之語的人渣比加索夫。他談信念、談文明、談真理，也談舒伯特、談德國柏林和漢堡、談大學回憶，還詩意的以一則斯堪地那維亞的美麗傳說作為整晚上天入地談論的收尾，於是，在場久不聞新鮮空氣、昏昏欲睡的賓客像做了場好夢般全部精神奕奕的醒來了（比加索夫除外），米哈伊羅夫娜的美麗女兒娜塔莉雅眼睛無法從他身上移開，戀慕娜塔莉雅的年輕人沃倫塞夫對他因此又尊敬又妒嫉，至於有錢有閒的女主人米哈伊羅夫娜則當場決定非把這人留下來不可，這在往後的社交晚宴上是多麼可炫耀的一顆鑽石不是嗎……

在如此忽然捲起的羅亭旋風之中，只有一個怪人不為所動，一個冷漠、不理會省城公眾活動、普遍被看成怪人的地主列日涅夫。列日涅夫顯然有不錯的學識，而且跟羅亭還是舊識，但大概不是什麼太愉快的記憶，因為他對眾人眉飛色舞的羅亭現象談論，總是不無憤懣的一桶一桶冷水澆過去。

然而，真正把羅亭打回狼狽原形的，既不是尖酸但淺薄的比加索夫，也不是彷彿手握什麼昔日不堪祕密的列日涅夫，而是愛情從天而降但仍異常堅強冷靜的娜塔莉雅——她遵循著羅亭的浪漫議論之路前進找到愛情，終點處正是熠熠發光的羅亭自己。小姑娘勇敢的向羅亭表白，但羅亭自己卻在此節骨眼上退縮了。他當下的反應是，害怕女主人已知道這事，害怕女主人不同意，甚至還懦怯的擔心女主人不再接待他不讓他在此莊園住下去，但最終，羅亭還是因此風波不得不落荒而逃，兩手空空，只帶走積欠的兩百盧布債務，「待我回到T省田莊時會如數寄還……」

文學的屠格涅夫，把偌大的俄國知識分子悲劇，結結實實的壓縮在一個沉悶的小莊園裡成型，成為一齣線索清晰的荒謬劇。

在現實世界中自省

故事告一段落，但事情並沒結束。

屠格涅夫讓羅亭留下兩封信，一封就是口頭交代債務，給女主人米哈伊羅夫娜的信，一封則給娜塔莉雅——屠格涅夫心裡想著，很可能正是巴枯甯在獄中寫給「接待他的主人」沙皇那封著名的自白書。

以撒．柏林以為，巴枯甯在自白書中並非全屬違心告饒之言，也包含了相當程度的真心話乃至自省，羅亭式的真心話和自省——「我生性並非江湖郎中，不過，這不自然而且不幸的困境（以事實言，我自己要對這困境負責）有時候使我不由自主，變成江湖郎中。」而更懇切的是，巴枯甯說他最恨的就是平靜無波的人生；說他最熱切渴盼的永遠是異想天開之事——只要是異想天開什麼都成——以及聞所未聞的冒險，永久不斷的變動、行動和戰鬥；說他在平靜的日子裡總有窒息之感……

巴枯甯的自省，或說羅亭式的自省，大致只能穿透到這種地步為止，往下，得借助列日涅夫，或說屠格涅夫的眼睛才可能。

小說中，冷漠如局外人的列日涅夫不負責破案式的揭露真相，而是負責解說這一切的人，他在羅亭春風得意的時刻講難聽的話，卻在大家打落水狗的日子裡挺身為他辯護。他比任何人了解羅亭，那是因為他也曾聽著羅亭的滔滔議論而兩眼發亮並試圖跟隨而去，如同小兒聞聽斑衣吹笛人的甜美幻惑笛聲，那是他念大學心猶火熱的年輕歲月，他正是上一個娜塔莉雅，甚至還是一部分的羅亭，因此，列日涅夫便不僅僅是個透明不沾身的評論者而已，他的批判和辯護，其間於是有極其深沉哀傷的自省成分，而不是一場痛快淋漓而已。

也就是說，《羅亭》小說是屠格涅夫本人一次全面的自省，因應著一八四八後七年長夜這一場信念危機，一次對自我並不留情的自省，這是《羅亭》一書之所以極其特殊的理由。

小說史上，深切自省乃至於懺悔告解的小說並非不常見，尤其現代主義以降人回頭緊緊瞪視一己的肉體和靈魂，說穿了不自省不懺悔還能寫些什麼？而即使在現代主義大駕光臨之前，在比方說屠格涅夫所在那個時空裡，我們也看到杜斯妥也夫斯基大部分的小說，看到托爾斯泰的《復活》，這本來就是西方思維傳統的很重要一面，可一路上溯到聖奧古斯丁作為一個清楚的地標和範本，再往前銜接《聖經·舊約》的先知書。

然而，《羅亭》不是這樣子的懺悔之書，不是這樣子仰頭面對著一個至高無上的審判者（不管真實的或虛構的），把一己的肉體和靈魂徹底剝光，就像你到大醫院安排全身健康檢查所必須做的那樣，鉅細靡遺從內部循環系統到表皮組織的黴菌感染云云，攤牌一樣哪裡也不放過，好找出罪惡的終極根源，以滌清自己，救贖自己。

不，屠格涅夫的困惑還沒到這種地步，他仍有憤怒，對同志也對自己，《羅亭》是現實之書，還沒從現實撤退回善惡本體的抽象論述世界裡。歐陸的革命全面挫敗，華美如花的論述和夢想（如巴枯甯所揭示的「一個新天、新地、一個迷人的新世界，在此新天、新地、新世界裡，所有的不和諧都匯流成一個和諧的整體——民主而普世的人類自由教會」云云）撞上冷酷反智但意志力十足的暴力，原來這麼不堪一擊，那些才氣洋溢曾經如希臘天神的同志累累如喪家之犬，大家的原形原來是這麼輕浮、這麼虛矯不實、這麼自怨自憐，以及這麼懦怯。

尤其是懦怯，這是屠格涅夫最熟悉的，這構成了羅亭的性格主調。

乍看弔詭的是，在昔日大家快樂挺進時，那個看起來最膽小最不安、簡直像偷偷跟在最後頭的屠格涅夫，在此大撤退的一刻，反倒成了撤退得最慢最少的人之一。這不是因為他老兄動作遲緩跑得慢，也倒不是疾風勁草的原來擁有著什麼不為人知飽受誤解的堅毅本性，而是因為——我們這麼說好了，他是一個敏銳纖細的小說家，而從不是個痛快開闔的煽動家革命者，他從來就習慣察看事物的必然縫隙，尤其是信念和實踐之間的縫隙，夢想和現實之間的縫隙，因此，挫敗是可思議可冷靜解釋的，甚至早在他內心深處一再預演過了，不是晴天霹靂，更非宗教神祕之事；也不代表你的目標信念不對，不是至善，從而不能在亙古的善惡大戰中得到應許式的必然勝利。

沒誇張的一飛沖天，就沒粉身碎骨的高空解體墜落；不建構華美的巨廈，也就不會有轟然一聲的崩毀。在《羅亭》小說中，甚至終屠格涅夫左顧右盼、畏畏縮縮的一生，他並未懷疑過那些基本的、普遍意義的進步價值，對他而言，挫敗是綿密的、如影隨形的、每日每時都發生的事，而不是一次猛爆性的總清算，也因此，屠格涅夫比較像個小病不斷且久病纏身的元氣虛弱之人，而不像個乍聞自己身罹絕症的絕望病人——絕望是對大大小小、千萬頭緒不同難題的一次抹平，接下來通常便是假設我們身體內部往一個不受我們操控的小尺寸惡魔，或我們的身體之外雲端之上俯視著一個簡直連上帝都對付不了的大號惡魔，我們把失敗和犯錯的責任丟給他，他正是一切人間之惡的真正源頭，我們可能還是痛苦，但我們也因此很平靜，因為道德責任卸下來了，可以入睡了。

這裡，屠格涅夫堅毅杵在現實的紛擾世界不退，很帶種很勇敢，這不是他性格使然，阻止他落跑的，是他認真的小說家身分，那個總是認真在拉扯的兩端尋求可能的小說家身分。

最後的不期而遇

小說的時間飛也似的又過了幾年，屠格涅夫讓羅亭和列日涅夫這兩個不對盤的老友再次不期而遇，時間是氣氛十足的某個寒冷秋日，地點也是氣氛十足的逆旅客舍——屠格涅夫在這種地方是很「小說家」的，往往準確到呈現出某種太理所當然的舞台效果出來，這方面他總是不如托爾斯泰的辛辣老練，也不如契訶夫的拙樸天然。

幾年塵埃落定，列日涅夫仍是列日涅夫的樣子，仍是個優閒的地主，只更幸福的娶了沃倫塞夫（已是娜塔莉雅的丈夫）的溫厚姊姊亞歷珊卓．巴甫洛夫娜；變的是羅亭，他個子還是高，但身子佝僂，頭髮也全白了，穿著的是一件帶銅釦的棉絨常（晨）禮服，當然也跟它的主人一般破舊了。

從羅亭口中，我們知道他這些年仍四處遊蕩，尋求能接待他，以及接待他那些變換不休但從不改異想天開的人生大夢。他在莫斯科為一個雅好科學的老財主進行大張旗鼓的農業改良計畫，在一個當朝顯貴身邊當祕書，碰到一位和他有拚（一樣窮、一樣異想天開）的理想主義者，聯手想將K省的一條河流改良成通航的水道，最終，又像四下碰壁的理想家如孔子般，看破現實一切，想將希望寄託下一代的教起書來，凡此種種——

太戲劇性的部分不談，這段小說的「尾聲」部分其實是很感人也深刻的，兩個愛恨交織的老朋友，在傷痕累累跋涉過廣漠讓人迷失的俄羅斯黎明歲月之後，坐下來回憶並終於有機會和彼此說最直接的話——列日涅夫對羅亭說：「……你無法停留，並不是像你一開始說的因為心裡盤踞著一條噬嚙你的蟲……也不是百無聊賴而焦躁不安的靈魂……那是熱愛真理的烈火在你內心熊熊燃燒。」「我們走的路不同，也許正是因為我的處境，我冷靜的性格和其他種種幸運的環境，沒有什麼能妨礙我坐在家裡袖手旁觀；而你卻得闖蕩世界，捲起袖子勞苦工作。我們走的路不同……但是咱們多麼靠近。你我使用的幾乎是同樣的語言，只需半點暗示，彼此就能心領神會，我們的思想是相通的。像我們這樣的人已經寥寥可數，兄弟，我們就是最後的摩希根人！」「也許，你就應該這樣永遠漂泊，也許，你正是以這種方式來執行你自己也不知道的崇高使命，難怪民間有一句至理名言說，我們大家都聽天由命。」

《羅亭》小說原來最末尾的幾句是：「在這樣的夜晚，能安坐家中，有個溫暖的棲身之地，是幸福的……願上帝幫助所有無家可歸的流浪人！」——這呼應了稍前列日涅夫對羅亭溫柔的最後叮嚀：「但是，請記住，不論你的際遇如何，你始終有個地方，一處安身之所，那就是我家……聽見了嗎，我的老朋友？思想，也有它的老弱殘兵；他們也該有個棲身之地。」

是的，思想的確總不免有它的殘疾，但也應該有它棲身之處。

又四年之後的歸宿

一八六〇年，真實的時間，漫無盡頭的永夜過去，在《羅亭》小說再版時，屠格涅夫為漂泊如九飛蓬的羅亭寫出了最後的歸宿，成為這部小說如今的結尾——羅亭當然沒尋回列日涅夫的農莊，（懦怯的人仍有他最終的傲骨？）他隨風去了更遙遠更華麗、被班雅明稱為世界首都的法國巴黎，小說時間註明是一八四八年六月二十六日，當然就是革命風起又旋即被鎮壓下去的日子，在巴黎著名的某一處革命街壘，潰敗奔逃的時刻，一名個頭高大，身穿舊禮服，腰間多束一條紅巾的白髮蒼蒼之人，雙手分持紅旗和馬刀，以尖細的嗓音大喊著彷彿要喚回人人救死不暇的同志，但槍手瞄準了他，一顆子彈穿透他心臟，讓他「像破布袋般臉朝下撲倒，好像跪在了什麼人的腳下。」

這個屠格涅夫又想了四年之久的慷慨贈禮，就革命的邏輯來看，以撒．柏林說，屠格涅夫給了羅亭一個巴枯甯沒能做到的死亡、一個體面得其所哉的死亡。

再稍後，高爾基也說了一段話，彷彿作為列日涅夫說法的註解，更像羅亭的墓誌銘——「假如注意到當時的一切條件——政府的壓迫、社會智慧的貧乏以及農民群眾對自己任務的缺乏認識——我們就應該承認：在那個時代，理想家羅亭比實踐家和行動者是更有用處的人物。他這個幻想家是革命思想的宣傳者，是現實的批判者，他可以說是在開拓處女地，可是，在那個時代，實幹家能幹出什麼來呢？」

高爾基革命語法的註解，倒是很容易讓我們想到，所謂「多餘的人」，是什麼多餘了哪部分多餘了？針對什麼而言多餘了？生命本身的豐盈自在，一朵花一片雲多不多餘？我個人想，多餘，基本上是一個功利性的用語，隱含了工具性的冷酷判準，唯有在現實世界某種單一性提問要求的大前提之下，才構成多不多餘的判決，並由此延伸成為某種道德控訴；而現實的世界要求愈單一、愈迫切（這兩者常常是二而一的）的時刻，多餘的人、多餘的事物、多餘的才華和思維也就愈多，於是，鏟除的召喚便有了合法性，就像屋子髒了亂了，你當然就得打掃、清理並把無用的垃圾倒掉一般。自由，便是容忍多餘，可能的話，還欣賞並賦希望於多餘，歷史的記憶在在告訴我們，溢出我們當下認知和需要的多餘，經常帶給我們囿於自己有限認知、因此想像不及的禮物，這就叫驚喜。

因此，人的工具化並不只因為資本主義，資本主義只是其一，而是來自單一的思維、單一的意識形態、單一的功利目標從而工具性的切割本來是紛雜、自在、豐富、完整的人。

而即使在大致單一結實的總目標之前，高爾基的話提醒我們，事情還是有著階段性的變動和不同要求，畢竟，不管是翻覆性的革命或一步一腳印的社會工程，它對我們原本非工具意義的人最大的悲劇是，它往往是龐大的、耗時的、遠遠超越我們人壽的，於是，有限生命和有限才華的我們便不免在季節的轉換中，成為見捐的秋天扇子或春日棉袍，成為一八四八年之後的多餘之人。

時間也許是站在我們的信念這一邊的，但時間卻通常不站在我們個人這一邊，正因為這樣，我們才多麼需要寬容和自由，讓我們這些個個有殘疾的人有棲身之地——這就是，如屠格涅夫的最後一句話，德米特里．羅亭。

——本文轉載自《讀者時代》唐諾／二〇〇三年，時報出版

羅亭

作　　者——伊凡．屠格涅夫（Ivan S. Turgenev）
譯　　者——卞莉
責任編輯——王曉瑩

發 行 人——蘇拾平
總 編 輯——蘇拾平
編 輯 部——王曉瑩、曾志傑
行 銷 部——黃羿潔
業 務 部——王綬晨、邱紹溢、劉文雅
出　　版——本事出版
發　　行——大雁出版基地
新北市新店區北新路三段207-3號5樓
電話：(02) 8913-1005　傳真：(02) 8913-1056
E-mail：andbooks@andbooks.com.tw
劃撥帳號—— 19983379　戶名：大雁文化事業股份有限公司

美術設計——許晉維
內頁排版——陳瑜安工作室
印　　刷——上晴彩色印刷製版有限公司
● 2025年03月初版
定價　420元

ISBN 978-626-7465-48-6

國家圖書館出版品預行編目資料

羅亭
伊凡．屠格涅夫（Ivan S. Turgenev）／著　卞莉／譯
---.初版.— 新北市；本事出版：大雁出版基地發行, 2025. 03
面　；　公分.－
譯自：Rudin

ISBN 978-626-7465-48-6（平裝）

880.57　　113020048